소녀 귀신 탐정

♦ 지난 줄거리

지각이다.

헐레벌떡 교실에 들어서는 슬아.

오늘도 교실은 부회장 한서연을 중심으로 돌아간다.

서연의 옆은 아역 모델 출신 이도희.

그리고 이사장 외손녀 권규림.

그 애들을 바라보고 있는 신아린은 한국 무용 특기자다.

어?

평소와 다른 건 처음 보는 여자애가 교실에 앉아 있는 것이다.

'누구지? 전학생인가?'

그 애는 슬아와 눈이 마주치자 황급히 시선을 피한다.

뭐야?
너 왜 사람을 보고도
못 본 척하냐?

네가 사람이라고?

넌 2주 전에 죽었어.
그리고 난 지난주에
전학 왔지.

말… 말도 안 돼!

슬아는 자신이 자살했고,
억울한 죽음에 한이 맺혀 구천을 떠도는 중이며,
전학생 이나는 무속인 할머니를 닮아
귀신을 볼 수 있다는 사실을 알게 된다.

자살이라니! 그럴 리 없어!

자신이 자살했다는 것을 믿지 못하는 슬아는
자신의 죽음에 대해 조사하려 한다.
또한 슬아가 곁에 있으면 악귀가 보이지 않는다는 사실을 알게 된
이나는 슬아를 도와주기로 한다.

한서연, 궁금한 게 있어.
얼마 전에 죽은 애 말이야.
왜 죽은 거야?

글쎄…?
남의 자리를
탐내서?

아린

더 이상 슬아 죽음에 대해
알려고 하지 마.
너도 위험해져.

서연의 단짝 아린은 서연 몰래 이나에게
조심하라는 메시지를 보내오는데.
혹시 서연이 범인일까?

하지만 더 이상한 건 회장 우진이다.
평소 다른 사람 일에 전혀 관심 없던 우진이
이나 주변을 맴돌기 시작하는데….

아린

아무도 믿지 마!

내가 다 말해 줄게.

낼 아침 7시에 체육관 뒤에서 만나.

아린에게 다시 문자가 온 다음 날, 아침 7시.

아린

왜 안 와?

나 옥상에 있어.

"뭐? 체육관 뒤에서 만나기로 했잖아."

그때,

아린이 옥상에서 추락하는 사건이 벌어진다.
아린이 이나와 만나는 걸 아는 사람은
우진뿐….

"날 좀 도와줘. 네 능력이 꼭 필요해.
돌아가신 엄마를 꼭 만나야 해."

이나에게 부탁하던
우진의 목소리가 떨린다.

"저, 저기…."

우진이 가리킨 곳에는
죽은 고양이가 누워 있었고,

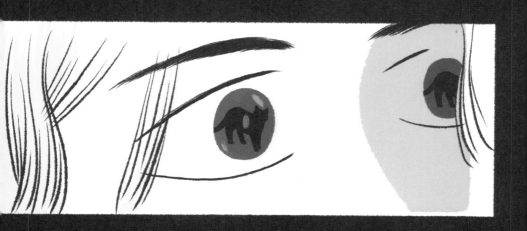

귀신 보는 능력을 가진 이나 눈에는
고양이 시체가
살아 움직이기 시작한다.

이나는 고양이가 슬아처럼

억울한 죽음에 한이 맺혀

구천을 떠도는 중이라는 것을 알게 된다.

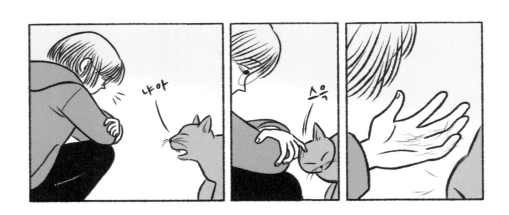

슬아와 이나의 도움으로
억울함을 풀게 된 고양이는
같은 처지의 슬아에게
선물을 남기고 떠나는데….

선물은 바로…

산 자 앞에

죽은 자의 모습을 드러낼 수 있는

능력이다!

소녀 귀신 탐정

3 너에겐 아무런 잘못이 없어

글 선자은 | **그림** 이윤희
펴낸날 2021년 9월 5일 초판 1쇄
펴낸이 위혜정 | **기획·편집** 스토리콘 | **디자인** dal.e
펴낸곳 슈크림북 | **주소** 서울시 동대문구 답십리로 41길33 102동 903호
전화 070-8210-0523 | **팩스** 02-6455-8386 | **메일** chucreambook@naver.com
출판등록 제2019-000016호

ISBN 979-11-90409-09-4 04810
ISBN 979-11-967164-5-5 (SET)

※ 잘못된 책은 구입처에서 바꾸어 드립니다. ※ 값은 뒤표지에 있습니다.

instagram.com/chu cream book
한번 맛보면 헤어 나올 수 없는 북 콘텐츠를 만나 보세요!

소녀 귀신 탐정

3 너에겐 아무런 잘못이 없어

글 선자은 · 그림 이윤희

차
례

그때로 돌아간다면….

모른 척하지 않을게….

1. 그날의 꿈

_우진

"악!"

날카로운 비명이 산을 맴돌며 울린다.

나는 고개를 든다.

누구지? 어디에서?

"아아아⋯."

메아리다. 잔상만 남은 비명. 진짜 목소리는 진작 사라지고, 울림이 된 뒤늦은 메아리만 남았다. 하지만 울림이 지나치게 길다. 아주아주.

"⋯도와줘."

울림은 내 귀에 도와 달라는 요청으로 변해서 도달한다.

알았어. 도와줄게.

기다려.

나는 달린다. 조금만 더, 조금만 더 빨리.

비명이 사라지기 전에 도착한다면 구할 수 있을지도 모른다.

잠깐만.

제발 기다려!

"아아…."

소리가 점점 줄어들더니 완벽하게 사라진다. 허공에 손짓을 해봐도 잡히지 않는다.

헉헉.

가쁜 숨을 몰아쉬며 속력을 낸다. 그러나 어느새 길은 사라지고 없다. 갑자기 길이 뚝 끊기고 높은 벽이 내 앞을 가로막는다.

갈 수 없다. 구하러 갈 수가 없다.

도저히.

"젠장!"

벽을 친다. 눈물이 흘러나온다. 분하다. 미안하다.

그때 벽이 일렁이더니 커다란 입으로 변한다. 찐득찐득한 침이 잔뜩 붙은 징그러운 입이 말한다.

"다, 너 때문이야."

"악!"

한참을 버둥댄 끝에 겨우 깨어났다. 커다랗고 징그러운 입이 아직도 눈앞에 생생했다.

또 '그' 꿈이었다. 당연히 오늘도 구하지 못했다. 온몸이 식은땀으로 젖어 있었다.

"어휴."

나는 속옷을 챙겨 들고 욕실로 갔다. 샤워를 하지 않고는 견딜 수 없을 정도의 꿉꿉함. 찐득찐득한 침으로 가득한 늪에 빠졌다가 겨우 빠져나온 것만 같았다.

문제의 그날 이후, 나는 줄곧 같은 꿈을 꾸고 있었다. 그 아이가 도와 달라고 외치지만 도저히 도와줄 수 없는 꿈.

그 아이가 누구인지 나는 너무나 잘 알고 있다. 김슬아. 뒤늦게 알았지만 그날 비슷한 시각, 같은 장소에 나는 머물고 있었다.

그날은 아침부터 기분이 이상했다. 날씨 자체가 습하고 기분이 나빴다. 꼭 물속에 있는 느낌이었다. 지금처럼 식은땀에 흠뻑 젖어 돌아다니는 기분이랄까. 그래서 나는 학교에 도착하자마자 교실 창가에 쭉 놓인 화분을 들여다봤다. 자주 들여다보고 돌봐 주는 만큼 보답으로 건강하게 자라나는 식물들. 가만히 바라보고 있노라면 소소한 위안을 건네주는 듯했다. 내 노력을 그대로 인정해 주는 정직한 존재.

엄마는 늘 비를 기다렸다. 비에 깨끗이 씻겨 내려간 흙을 퍼 와서, 베란다에서 따뜻한 햇볕을 고루 받게 말려 분갈이용 흙으로 썼다. 그래서 나도 비 소식을 듣자마자 비가 그치면 흙을 좀 퍼 와야겠다고 생각했다. 양동이와 삽도 챙겨서 수시로 하늘을 확인했다.

비는 요란하게도 왔다. 한바탕 휩쓸고 지나간 비가 거의 잦아들었을 때, 나는 출발했다. 흙이 젖어서 산을 오르는 길이 힘겨웠다. 잠깐 멈춰 서서, 지금 미끄러지면 크게 다칠 수도 있겠다는 생각을 했다.

그때, 무슨 소리를 들은 것도 같았다. 새들이 날아오르며 나뭇가지를 스치는 소리라고 생각했다. 비가 온 뒤라서 돌덩이가 미끄러져 떨어진 게 아닐까도 생각했다. 하지만 나는 뒤늦게 알았다. 내가 막 산을 오르던 그때, 김슬아가 떨어졌음을.

또 다른 슬아를 만난 건 그날이 얼마 지나지 않아서였다. 선생님이 나를 불렀다.

"며칠 뒤에 올 전학생이야. 좀 부탁한다. 무슨 뜻인지 알지? 서연이에게도 전달해 줘. 여학생들끼리는 더 편할 테니까. 이런 시기에 전학생이라니, 나 참."

선생님은 가뜩이나 슬아 사건 때문에 스트레스를 받고 있었다. 게다가 전학 올 애는 특별한 환경을 가진 아이여서 도움이 더 필요하다고 했다. 미술 영재였고 전 학교 선생님의 추천으로 전학 온

케이스였다. 난 그때까지는 그냥 그렇구나 싶었다. 이 학교는 원래 어떤 재능이 특출한 아이들이 모이는 곳이니까.

그런데 그 애가 전학 온 날, 내 생각은 달라졌다. 그 애는 다른 애들과 좀 달라 보였다. 나는 그 애를 자꾸 돌아볼 수밖에 없었다.

다른 애들과 어울리지 않은 채 내리깔고 있는 눈은 전혀 슬퍼 보이지 않았다. 어쩌다 한 번씩 주위를 두리번거리며 놀란 눈을 했지만 그건 다른 애들 때문이 아니었다. 그 애의 시선은 아무것도 없는 곳을 향할 때가 많았다. 멍하니 시선을 두고 있는 것이 아니라, 뭔가를 보고 있다는 건 눈빛만 봐도 알 수 있었다.

그 애는 정말 특별한 무언가를 보고 있는 것이었다.

"저기…."

나는 몇 번이나 그 애에게 말을 걸려고 했다. 선생님이 특별히 돌봐 주라고 한 명분이 있었으니까. 하지만 그 애는 내 말을 듣지 않았다. 아니, 못 듣는 것 같았다. 내 눈엔 보이지 않는 다른 존재와 소통하느라 바빠서, 책을 읽는 척해도 그 존재에게 신경을 쓰느라 내 말을 못 듣는다는 걸 분명히 느낄 수 있었다.

어느새 나는 그 애에게 말을 거는 대신 주위를 서성이며 관찰했다. 왜인지는 모르겠지만, 엄마가 떠올랐다. 엄마는 살아 있을 때 다른 사람들을 돌보기만 하는 사람이었다. 나에게도 늘 주위에 관심을 기울이고 마음을 쓰며 살라고 했다. 경비 아저씨, 택배 아저

씨, 요구르트 아주머니…. 그들은 자기 일을 하는 것뿐이었지만 엄마는 그들에게 고마워하며 자신의 것을 나누었다.

나는 그게 싫었다. 엄마야말로 가장 아프고 불쌍한 사람이었다. 오히려 엄마가 도움을 받아야 했다. 내가 죽어 가는데, 더불어 사는 삶이 무슨 소용인가 싶었다. 그래서 나는 엄마가 사람들에게 베풀 때마다 화를 냈다.

"우진아, 주위를 보면서 살아야 해. 알았지?"

엄마의 마지막 말도 그랬다. 그 순간 나는 너무 화가 났다. 나에게 행복하게 살라거나, 잘 살라거나, 하다못해 공부를 열심히 하라고 했으면 서운하지는 않았을 것이다. 그런데, 주위를 보면서 살라니! 엄마는 끝까지 우리가 우선이 아니라 남이 우선이었단 말인가. 아빠는 엄마를 이해하라고 했지만 난 이해할 수가 없었다. 그래서 엄마의 유언과 반대로 철저히 나 자신을 위해 살아야겠다는 생각에 학급 회장이 됐고, 리더십 점수를 따서 더 좋은 학교를 가야겠다고 결심했다. 반 애들을 상대하는 게 귀찮고 한심했지만 적당히 시키는 것만 잘하는 회장 노릇만 하면 큰 문제는 없었다.

그런데 슬아가 죽자, 나에게도 변화가 생겼다. 따돌림을 견디다 못한 슬아가 외로워서 자살을 했다고 생각하자 죄책감이 들었다.

나는 알고 있었다. 슬아가 따돌림을 당하고 있었다는 것을. 괜히 긁어 부스럼을 만들고 싶지 않아서 모른 척했을 뿐이었다.

그 애가 슬아 대신 새로운 투명 인간이 된 걸 감지한 날, 나는 보다 적극적으로 도와주고 싶었고 선생님에게 상담을 했다. 그러자 선생님이 그 애에 대한 정보를 주었다. 원래는 알아서는 안 되는 일이었지만, 모범적인 학급 회장이었던 나에게는 말해도 된다고 여긴 것 같았다. 그 애는 무당집 손녀이고 전 학교에서 귀신을 본 일로 소란을 일으켜 전학을 결정했다는 이야기를 말이다.

귀신?

어쩐지 놀랍지가 않았다. 그제야 그 애가 허공을 보고 중얼거리던 이유가 무엇이었는지 정확히 알게 되었기 때문이다. 말도 안 되는 일이었지만, 신기하게 나는 곧장 믿어졌다.

그 뒤로 그 애가 더 눈에 들어오게 되었다. 처음에는 세상을 떠난 엄마를 다시 만나게 해 주거나 대화라도 할 수 있게 해 주지 않을까 기대도 했다. 하지만 그 애를 보면 볼수록 순수하게 그 애에 대해서만 생각하게 되었다. 어느새, 그 애는 나의 유일한 관심사가 되어 버렸다.

식은땀으로 잔뜩 젖은 몸을 물로 씻어 낸 뒤 깨끗하고 보송한 옷으로 갈아입었다. 그리고 내 방에 돌아와서야 스마트폰의 부재중 전화가 보였다. 15통.

"설마…."

발신자는 모두 그 애였다.

전화를 걸려던 그때, 그 애 이나에게서 다시 전화가 왔다.

"어떡해! 슬아가 사고 쳤어!"

2. 죄책감

_우진

이나가 말한 장소로 달려가 보니 뜻밖에도 서연이 있었다. 서연의 전 남자 친구인 곽도훈과의 사건이 있었던 바로 그 아파트 옥상이었다. 아까 통화했을 때 이나도 흥분한 상태였고, 전화를 받자마자 급하게 집을 나선 나도 자세한 상황을 물어볼 경황이 없었다.

"슬아야."

이나는 슬아 곁에 서서 슬픈 눈을 하고 있었다. 슬아는 전과 달랐다. 죽기 전이나 죽고 난 후에도 순진하고 착해 빠졌었던 슬아였다. 최근 들어 서연에 대한 분노로 악귀가 되기 직전의 상태까지 가기도 했지만, 그건 그저 일시적인 현상이었다. 지금은 그런 일시적인 분노와는 결이 다른 분위기를 풍겼다. 오히려 너무나 차갑고 냉정해 보였다.

"훗."

슬아가 입꼬리를 올리며 비웃었다. 정확히 서연을 보면서.

서연의 얼굴이 새하얗게 질렸다.

"아."

나도 모르게 탄식이 나왔다. 이미 겪은 일이라 서연의 반응으로 바로 알아챌 수 있었다. 서연은 슬아를 '보고' 있었다. 하지만 도대체, 어떻게? 이나가 말했던 '슬아가 친 사고'가 바로 이것이었던 것이다.

이나는 내가 슬아를 볼 수 있게 된 건 고양이 털 때문이라고 짐작하는 듯했다. 그것도 고양이의 영과 몸의 털이 동시에 작용하여 이루어 낸 희박한 확률의 결과라고. 그런 일이 서연 앞에서도 일어나다니, 참으로 이상한 일이었다.

차가운 눈을 한 슬아를 보니 뭔가 짐작되는 게 있었다. 혹, 슬아가 의도적으로 서연 앞에 모습을 드러내기 위해 이런 일을 시도했다면? 하지만 일반적인 고양이 털만으로는 그런 일이 일어날 리 없었다. 서연은 고양이의 영이 실린 털이 도대체 어디서 난 걸까?

슬아는 도통 알 수 없는 무표정한 얼굴로 서연을 계속 바라봤다. 잠시 멍하니 있던 서연은 갑자기 비명을 지르기 시작했다.

"끼아아아!"

인간 같지 않은 기이한 비명이 하늘을 울렸다.

"야, 조용히 해! 지금 몇 신 줄 알아?"

누군가 창문을 열고 소리쳤다. 이나가 얼른 서연의 입을 틀어막았다. 하지만 서연은 몸부림쳤다. 마치 짐승처럼. 이나의 품에서 벗어난 서연이 옥상에서 내려가는 문으로 내달렸다.

"아니야! 아니라고!"

그대로 문을 열고 내려갈 줄 알았던 서연이 갑자기 휙 뒤돌아 슬아 쪽을 보며 소리쳤다.

슬아가 씩 웃었다.

"뭐가 아닌데?"

"아악!"

서연이 자기 머리를 쥐어뜯더니 거칠게 문을 열고 계단을 뛰어 내려갔다. 발을 헛디뎠는지 요란한 소리도 났다. 뒤따라가지 않아도 괜찮을지 고민하는데 이나가 울음을 터뜨렸다.

"너 진짜 미쳤어! 한서연한테 모습을 드러내면 어쩌자는 거야?"

"그래? 내가 미친 거 같아? 하지만 결과적으로는 미치는 건 한서연일 거야."

독기 가득한 눈으로 또박또박 말하는 슬아는 내가 알던 슬아 같지가 않았다. 늘 뭉개던 발음은 또렷했고 힘이 들어가 있었다. 설마, 이나가 말하던 악귀라도 된 걸까?

"하아."

갑자기 슬아가 힘이 쭉 빠진 듯 그 자리에 푹 쓰러졌다. 나는 나도 모르게 슬아를 부축하기 위해 튀어 나갔지만 귀신인 슬아를 부축할 수 있을 리 없었다. 슬아와 접촉할 수 있는 순간은 슬아가 원해서 집중할 때뿐이었다. 다행히 슬아는 곧 몸을 일으키더니 아까와 다른 순한 말투로 말했다.

"휴, 갔다."

아파트 아래를 내려다보니 어느새 1층으로 내려간 서연이 뛰어나가고 있었다. 멀리서 보는 뒷모습인데도 무척이나 다급해 보였다. 서연은 필사적으로 도망치고 있었다.

"슬아야."

이나가 슬아에게 다가갔다. 슬아는 언제 차가운 표정을 지었냐는 듯이 순진한 원래 얼굴로 돌아와 있었다.

"도대체… 슬아 너 어떻게 된 거야? 악귀가 됐다가 말았다가 할 수 있는 거야?"

"악귀라니? 그런 거 아니야. 내가 악귀처럼 보였어?"

"아니. 하긴… 악귀였다면 앞뒤 구분도 못 하고 우리에게까지 해코지를 했을 테니까…. 하지만 조금 전에 너 정말 무서웠어."

"그랬나?"

슬아가 씩 웃었다. 순진한 얼굴로 그런 웃음을 지으니 조금 전 지었던 차가운 얼굴과 겹치면서 어쩐지 더 오싹했다.

"이제 괜찮아?"

내 말에 슬아가 나를 돌아봤다.

"...응."

짧은 대답이었지만, 대답을 하기 전 슬아가 잠깐 주저한다는 느낌이 들었다. 뭔가 하고 싶은 말이 더 있는 건가?

어쨌든 슬아는 원래의 모습으로 완벽히 돌아왔다. 온 힘을 쏟아 서연에게 저주의 마음을 품었던 게 잠시 슬아를 변하게 만든 것 같았다.

다시 마음이 일렁였다. 내가 너무 안일했다. 구역질이 날 정도였다. 일정 부분, 아니 큰 부분에 있어 내 책임이라는 죄책감. 여태까지 슬아와 이나의 주위를 맴돌며 어떻게 해서든 마음의 빚을 갚아 나갈 수 있길 바랐다. 하지만 달라진 건 아무것도 없었다. 죽은 사람은 다시 살아날 수 없었다. 돌이킬 수 있는 방법은 아예 없었던 것이다.

그건 내가 영원히 죄책감에서 벗어날 수 없다는 뜻이었다.

3. 감옥

_슬아

"아하하하!"

갑자기 웃음이 터져 나왔다. 그러자 이나가 토끼 눈을 하고 부리 나케 내 곁으로 달려왔다.

"왜 그래?"

"아니. 그냥."

느닷없이 서연의 놀란 얼굴이 떠올랐을 뿐이었다. 겁에 질린 서 연의 표정을 다시 떠올리기만 해도 속이 뻥 뚫리는 것처럼 후련했 다.

냐아가 떠나면서 내게 남긴 선물. 자신의 털. 그리고 냐아의 새 끼인 야야의 털. 죽은 고양이의 털과 산 고양이의 털은 나의 복수 를 도와주기 위한 냐아의 뜻깊은 선물이었다.

처음에는 조금 고민했지만 결과적으로 잘한 일 같았다. 적어도 서연을 겁에 질리게 만들었으니까. 그에 따른 부작용, 즉 갑자기 내가 악귀가 된다거나 소멸하는 일은 일어나지 않았다. 우진이 날 보게 되었을 때도 별일이 없었기에 이미 짐작했던 바였다.

그 뒤, 서연이 어떻게 되었는지는 알 수 없게 되었다. 이나는 할머니의 도움까지 받아서 나를 자기 집에 감금해 버렸다. 야야가 방해라도 될까 봐 모퉁이 동물병원에 잠시 맡겨 놓기까지 했다. 그리하여 나는 내내 이나네 집에 있어야 했고, 이나는 절대 서연의 소식을 전해 주지 않았다.

"네가 아니라고는 했지만 그래도 난 겁나."

이나가 한숨을 쉬며 말했다. 이나의 걱정을 모르는 것도 아니었다. 처음 내가 서연에게 모습을 드러냈다고 했을 때 한걸음에 달려온 이나는 세상이 무너진 것 같은 표정을 하고 있었다. 내가 악귀가 되었다고 생각한 것이다.

오해를 풀고 나서도 이나는 나를 그대로 집으로 데려왔다. 그날부터 내 감옥 생활이 시작되었다. 할머니 도움을 받아서 결계를 치고 내가 문밖에 나가지 못하도록 만든 것이다.

할머니는 아무 말도 하지 않았다. 지난번 날 위해 따뜻한 제삿밥을 차려 주었다고 해서 어떤 관계 같은 게 형성되었다고는 기대하지 않았다. 하지만 할머니가 이나의 이야기를 듣고 혀를 끌끌 찼다는 걸 들으니 마음이 좋지 않았다. 할머니를 실망시킨 것만 같아 죄송한 마음도 있었다.

어떻게든 이 상황을 나아지게 하고 싶었지만 지금 내 머릿속에는 서연에 대한 복수밖에 없었다. 그것도 아주 단순한, 1차원적인 복수. 서연에게 모습을 드러내기로 마음먹었을 때 나는 멀리 생각하지 않았다. 하지만 이것이 복수의 도화선이 되리라는 건 명확하게 알았다.

새로 알게 된 사실이 나에게 확신을 주었다. 우진이 그날, 그 자리에 있었다는 사실. 어떻게? 왜? 우진이 구체적으로 어떤 도움이 될지는 알 수 없었지만, 언젠가 우진이 도움이 되리라는 건 알았다. 그건 친구가 된 것과는 달랐다. 왜인지는 모르겠지만 우진의 기억이 중요하다는 걸 나는 분명히 알았다.

"이우진은?"

우진을 만나고 싶었다. 하지만 이나는 고개를 가로저었다.

"아니, 안 돼."

"안 된다고? 뭐가?"

이나가 무슨 말을 하는지 곧바로 이해가 되지 않았다.

"우진이도, 못 만난다는, 소리야."

이나가 또박또박 다시 설명해 주었다.

"왜? 이나야, 협상을 하자. 내가 여기서 못 나간다는 건 받아들

일게. 그럼 이우진을 여기로 불러 주면 되잖아."

"외부인 출입 금지야."

"이우진이 왜 외부인이야?"

나는 웃었다. 이제 우진은 진짜 우리, 아니 내 편이니까.

"이 집의 진정한 거주자만이 결계를 깨지 않고 지나다닐 수 있어. 내가 야야를 왜 동물병원으로 보냈겠어?"

"그게 무슨 소리야?"

"몰라도 돼."

이나는 더 설명해 주지 않았다. 말을 아끼는 것이 뭔가를 숨기고 있는 느낌이었다. 거주자만이 결계를 깨지 않고 지날 수 있다면 거주자가 아닌 자는 결계를 깰 수 있다는 소리인가? 서둘러 대화를 마무리하고 자리를 피하고 싶어 하는 이나를 보니 충분히 가능성 있는 이야기 같았다.

"냐아가 없으니 뭔가 허전하긴 하네. 물리적인 공간을 차지했던 게 아닌데도 뭔가 텅 빈 느낌이랄까."

나는 이나를 안심시키기 위해 말을 돌렸다. 냐아가 곧잘 엎드려 있던 소파에 손을 갖다 댔다. 있을 리 없는 온기가 느껴지는 것만 같았다.

"냐아의 털이었지?"

이나가 눈을 내리깔며 말했다. 무슨 생각을 하는지 알 수 없었다. 냐아를 그리워하는 것인지, 내가 서연 앞에 모습을 드러낸 것을 안타까워하는 것인지. 아니면 둘 다 인지.

냐아는 내가 하고 싶어 하는 것을 나보다 더 잘 알고 있었다. 비록 동물이지만 나의 감정을 느끼고 이해하는 유일한 영혼이었다.

"난 좀 쉬어야겠다."

나는 말도 안 되는 핑계를 대며 자리를 피했다. 할머니는 다시 지방으로 내려간다며 짐을 싸고 있었다. 곧 집에는 이나와 나만 남을 터였고, 이나만 있다고 해서 결계가 약해지는 건 아닐 것이다. 할머니는 이미 나를 이 집에 가둬 놓는 수를 써 두었다. 할머니가 떠난다고 해서 그 수가 사라지는 건 아니었다.

자기 방 침대에 누워 있는 나를 확인한 이나는 할머니 방으로 가 짐 싸는 걸 돕기 시작했다. 나는 누워서도 그런 걸 다 알았다. 귀신이 되고 나니 뜻밖의 능력이 많이 생겼다. 기민해졌다고 해야 할까, 사소한 소리도 알아챌 수 있었다. 곽도훈의 몸에 들어가 그쪽 상황을 볼 수 있는 능력은 꽤나 유용했다. 그러고 보니 더는 곽도훈에게 들어갈 수가 없었다. 곽도훈에게 붙은 일종의 악귀가 사라진 걸까. 나는 그렇게라도 서연의 근황을 알고 싶었지만 지금으로는 불가능해 보였다.

역시 우진밖에는 방법이 없었다.

나는 침대 옆 책상에 놓인 이나의 휴대폰을 집었다. 우진은 내 귀신 휴대폰의 번호를 모르기에 내가 메시지를 보내 봤자 소용이 없을 것 같았다.

집으로 좀 와 줘. 빨리.

나는 일부러 내가 보내는 메시지라고 쓰지 않았다. 우진을 부르는 데는 그편이 더 나을 것 같아서였다. 우진은 나보다 이나의 부름에 더 빨리 반응할 것이다. 언제부터인가 우진은 이나를 바라보고 있었다. 이 괴상한 삼총사의 중심에는 내가 아니라 이나가 있었다.

"뭐 해?"

이나가 방으로 들어왔다. 역시 이나는 감이 좋았다. 내가 수상한 짓을 한다는 느낌을 받은 것이다.

"심심해서 뭐 읽을 거라도 있나 본 거야."

나는 책상 위 책을 뒤적거리는 척했다. 당연히 이나는 못 믿는 표정이었다. 나는 제발 우진에게서 답장이 바로 오지 않길 빌었다. 이나가 휴대폰을 확인하는 순간, 내 계획은 끝장이었다.

"이거 재미있어 보인다."

나는 아무 책이나 가리켰다. 하필이면 《인간관계론》이라는 책이었다. 이나가 이런 책을 가지고 있다는 게 웃기기도 했지만, 객관

적으로 봐도 재미있지는 않을 것 같은 책이었다. 이나 얼굴이 순식간에 굳었다.

"무슨 꿍꿍이야?"

"아, 이게 재미있겠다."

나는 일부러 웃으며 다른 책으로 말을 돌리려 했지만 이나는 의심을 거두지 않았다. 내가 막 궁지에 몰렸을 때, 때맞춰 초인종이 울렸다.

"이나야! 장이나!"

우진의 목소리였다. 내 예상보다 훨씬 빨리 도착했다.

"응? 왜 왔어?"

이나가 문을 열지 않고 소리쳤다. 우진의 목소리가 더 다급해졌다.

"빨리 열어!"

"안 돼. 당분간은."

"그게 무슨 말이야? 무슨 일 있는 거지?"

우진은 이나에게 무슨 일이 생겼다고 여기는 것 같았다. 그도 그럴 것이, 문자 메시지로는 빨리 오라고 했으면서 문을 열어 주지 않으니 이상하게 생각할 수밖에 없었다. 하지만 내가 문자 메시지를 보냈다는 걸 모르는 이나는 어리둥절해 하면서 문을 열지 않았다.

"열어 주지 그래?"

나는 태연하게 소파에 가서 앉았다. 이나가 나를 노려봤다.

"너구나?"

"뭐가?"

이나는 나를 잠시 바라보다가 나보단 우진을 달래는 편이 빠르다고 생각했는지 다시 문 앞으로 갔다.

"나중에 다 이야기해 줄게. 오늘은 돌아가. 슬아가 장난친 거야."

하지만 이미 늦었다. 우진은 현관문 비밀번호를 누르고 있었다.

"삐빅삐빅. 띠리리."

문이 열렸다. 오, 예! 나는 자유의 몸이 되었다.

4. 손님

_ 슬아

"야! 너 우리 집 비밀번호는 어떻게 알았어?"

우진이 들어오자마자 이나가 소리를 꽥 질렀다. 그 소리에 할머니 방문이 열리는 소리가 났다. 난 이 기회를 놓칠 수 없었다. 할머니가 나와서 무슨 수를 쓰기 전에 달아나야 했다.

"그, 그게… 비밀번호는 저번에 봐 둔 건데… 혹시 네가 위험할 때를 대비해서…."

우진이 변명하는 걸 다 들어 줄 틈도 없었다. 나는 우진이 깬 결계의 틈을 비집고 들어가기로 했다. 내가 우진에게 돌진하자 우진이 당황하는 기색을 보였다.

"야, 김슬…."

우진이 내 이름을 미처 다 부르기도 전에 나는 우진의 몸을 그대로 통과해서 문밖으로 나갔다. 그날, 우진이 그곳에 있었다는 사실을 확인하고 대화를 나누고 싶었지만 그럴 여유가 없었다. 지금은 질문이나 하고 있을 때가 아니었다.

나는 최대한 멀리 달아났다. 물리적인 걸음 대신 바람처럼 갈 수 있는 나를 이나가 따라잡을 수는 없었다.

집 앞에 서서 한숨을 쉬는 이나 모습이 눈에 선했다.

"이나야, 미안."

감금이 나를 위해서라는 건 알았다. 더 큰일을 저지르기 전에, 큰일이 생기기 전에 가둔 것이라는걸. 내가 더는 눈앞에 보이지 않으면 서연도 나를 봤던 기억이 착각이라 여기게 될 테니까.

하지만 나는, 절대로, 그렇게 내버려 둘 수 없었다.

서연의 집은 이미 알아 뒀다. 전에 살던 재건축 예정 아파트가 아닌, 현대적인 디자인의 2층짜리 신축 주택. 짙은 회색 집은 깔끔하고 세련됐지만 냉정하고 차가운 서연을 닮아 있었다.

여기까지는 어렵지 않았다. 다만 누군가 나를 집 안으로 들어갈 수 있게 문을 열어 줄 것인가가 문제였다. 저번에 곽도훈 집에 들어갈 때는 일하는 아주머니가 문을 열어 그 틈에 들어갈 수 있었지만 어쩐지 이번에는 쉽지 않을 것 같았다.

나는 문 앞에 서서 한참을 기다렸다. 하지만 나오는 사람도 들어가는 사람도 없었다. 집은 오랫동안 그 자리를 지키기만 한 거대한 산처럼 고요했다. 한 번도 사람이 살지 않은 것 같았다.

"띠리링."

갑자기 휴대폰 메신저 앱에서 알림이 울렸다. 메시지를 보낼 만한 사람은 이나뿐이었기에 조금 겁이 났다. 이나는 엄청나게 화가 나 있을 것이다. 어디냐고 따져 물을 것을 각오하고 메시지를 확인했다.

알 수 없는 발신자
> 김슬아?

알 수 없는 사용자에게서 온 메시지였다. 자기 번호로 연락하면 안 받을 게 뻔하니까 이나가 우진에게 내 번호를 알려 주고 연락해 보라고 한 것 같았다.

슬아
왜?

내가 보낸 메시지를 읽었지만 상대는 잠시 말이 없었다. 나는 혹시나 우진과 이나가 휴대폰을 이용해 내 위치를 알아내기라도 할까 봐 주위를 둘러봤다. 물론 곧 실소하고 말았다. 귀신 휴대폰은 위치 추적 따위가 될 턱이 없었다.

> 증명해 봐.

"아, 얘 왜 이래."

이 와중에 장난을 치고 있는 우진을 보니 어쩔 수 없는 또래 남자애라는 생각이 들었다. 아니면 아까 나 때문에 혼쭐이 나서 복수라도 하고 있는 것인지도 몰랐다.

슬아

> 이나 화 많이 났어?

이번에도 답장은 곧바로 오지 않았다. 우진이 아니라 이나가 휴대폰을 들고 있는 게 아닐까 싶었다. 나는 주위를 둘러보며 경계하다가 서연의 집을 바라보기를 반복했다. 내가 서연의 집 앞에 있는 걸 이나가 안다면 난리가 날 것이다.

그나저나 서연은 어떤 얼굴을 하고 있을까? 집 안에 있을지도 모른다. 공포에 휩싸여 자기 방에 스스로 틀어박혀 울부짖고 있길 바랐다. 그것이 비록 두려움 때문일지라도 죄책감을 느끼고 후회하고 있길. 서연을 그렇게 만들기 위해서, 내 모습을 드러낸 것이다.

그런데 갑자기 누군가의 시선이 느껴졌다. 인적 없는 길 저편에 누가 서 있었다.

"할머니?"

뜻밖에도 이나의 할머니가 나를 빤히 바라보고 있었다. 할머니는 발소리도 내지 않고 조용히 내 앞으로 걸어왔다.

"봄이 오면 손님이 선물을 보낼 거다."

말을 하는 할머니의 눈동자가 흐릿했다. 할머니는 멀리 있는 무언가를 보고 있는 것 같았다.

"서, 선물요?"

할머니는 대답 대신 돌아서서 왔을 때처럼 조용히 걸어갔다. 그리고 골목을 돌아 사라져 버렸다.

뭔가 중요한 말을 들은 듯한 기분이 들었다. 그것도 내게 도움이 되는 말을. 할머니는 내가 어디에 있는지 정확히 느끼고 찾아냈지만 이나에게 알리지 않고 혼자 왔다. 그건 내가 하는 일을 지지한다는 의미 같았다.

곧 봄이었다. 손님이 누구인지, 선물이 무엇인지는 알 수 없었지만 머지않아 일어날 일이었다. 나는 여기에 더 있을 이유가 없다는 걸 깨달았다. 어차피 서연의 집은 당분간 내게 문을 열어 주지 않을 것 같았다.

이나는 자기 아파트 단지 놀이터의 그네에 앉아 있었다. 아직 날이 서늘해 놀이터는 텅 비어 있었다. 이나는 힘없이 고개를 숙이고

그네를 타는 둥 마는 둥 했다. 귀찮아 보이기도 했다.

"야, 장이나!"

나는 애써 발랄하게 이나를 불렀다. 이나가 고개를 번쩍 들었다.

"너!"

"미안, 미안. 하지만 먼저 날 가둔 건 너잖아."

이나는 잠시 날 노려보더니 이내 노여움을 풀었다. 한겨울같이 날선 찬바람이 휘잉 불어왔다.

"널 위해서였어."

이나 말투가 너무 다정해서 하마터면 고맙다고 대답할 뻔했다.

"그래도 가두는 건 심했어."

"안 그래도 할머니가 그만두라고 하시더라."

이나가 발을 굴러 그네를 밀었다. 나도 그네가 타고 싶어졌다. 하지만 그네에 앉는 건 할 수 있어도 발을 굴러 땅을 차는 건 귀신인 내게 큰 집중력이 필요한 일이었다. 그네를 타는 것만으로도 기가 다 빠져 버릴 것이다.

귀신이 된 건 하나도 좋지 않았다. 전에는 못 하던 걸 할 수 있게 된 건 좋았지만 그보다 더 많은 걸 할 수 없게 되어 버렸다. 이 모든 게 서연 때문이라 생각하니 다시금 화가 났다.

"할머니는… 너한테 다른 이야기는 안 하셨어? 무슨 예언이나…."

"무슨 얘기? 할머닌 누구 좀 만나고 지방으로 내려가신다고 했어."

먼눈을 하고 있던 할머니가 떠올랐다. 할머니는 나에게만 주문 같은 예언을 남기고 떠난 것이다. 봄에 손님이 선물을 보낸다니, 도대체 무슨 선물을 보내 오는 걸까? 선물이라고 했으니 적어도 나쁜 건 아닐 것 같았지만 한편으로는 불안한 마음도 들었다.

그때 이나의 휴대폰이 요란하게 울렸다. 살아생전에는 없던 직감이라는 것이 이제야 발동했는지, 기분이 이상해졌다. 평소와는 다른 느낌의 전화가 걸려 왔다는 걸 단번에 알 수 있었다.

"모르는 번호인데…."

이나 역시 왠지 모를 불안한 예감에 잠시 망설이다가 전화를 받았다.

"여보세…."

이나 말이 채 끝나기도 전에 상대가 다다다 말을 쏟아 냈다. 무슨 말인지 잘 들리지는 않았지만 상대가 무척 화가 나 날카로운 말을 쏟아 내고 있다는 건 느껴졌다.

"누구야?"

나는 상대가 보이기라도 한다는 듯 눈을 치켜떴다. 이나는 아무 말도 하지 않고 그걸 다 듣고 있다가 한마디만 하고 전화를 끊었다.

"죄송합니다."

"누군데?"

"한서연 엄마."

"뭐? 왜?"

"한서연이 내가 자기한테 무슨 짓을 해서 자기를 홀렸다고 말했
나 봐."

단박에 상황이 이해되었다. 서연이 귀신을 봤다며 헛소리를 하
니까 서연의 엄마가 이나를 의심한 것이다. 무당집 손녀이니 향을
피웠다거나 이상한 주문을 외워서 어떤 방법으로든 최면을 걸었다
며. 진짜 귀신이 나타났다는 것보다는 그나마 논리적이긴 했다.

"그래서? 너한테 원래대로 귀신 못 보게 돌려놓으래?"

"몰라. 두고 보재. 후회하게 해 준대."

"뭘 두고 봐? 후회?"

이상한 사람이었다. 자기 딸 또래의 어린애에게 그런 말이나 하
는 어른이라니, 어른답지 못했다. 게다가 이나가 범인일 거라는 건
자신의 추측일 뿐 아닌가. 나는 이나에게도 미안해서 화가 났다.

"너를 괴롭히면 내가 가만히 안 있을 거야."

"고마워. 하지만 무리한 일은 하지 말아 줘."

이나가 씩 웃었다. 오랜만에 이나의 웃음을 보는 것 같았다. 이
나는 내 손을 잡으려고 했다.

54

"난 전에 다니던 학교에서도 귀신 보는 애로 유명했어. 그래서 다들 나를 피했지. 그런 거 안 믿는다고 하면서도 나랑 놀면 귀신이라도 붙을까 봐 겁이 난 거야. 겁쟁이들. 그런데 내가 진짜 귀신이랑 친구가 될 줄 누가 알았겠어?"

"네가 한 말 중 가장 웃긴 농담이다, 그거."

나는 일부러 유쾌한 척 하하 웃었다. 다행히 이나도 슬퍼 보이지 않았다.

"나한테 미안해 하지 마. 난 지금이 더 좋으니까."

이나 얼굴은 환했다. 진심처럼 보였다. 서연의 전 남자 친구였던 곽도훈이 이나에게 독극물을 먹인 사건은 나에게 큰 충격이었다. 사실 나와 상관없었어야 할 이나를 나도 모르게 위험하게 만든 것이다. 예전에 아린이 옥상에서 떨어졌던 것처럼, 이나에게도 무서운 일이 일어날 수 있다는 생각에 두려워졌다.

하지만 이나가 나를 친구로 여겨 이 모든 걸 기꺼이 감내하고 있다는 것을 알고 나니 다른 결심이 들었다. 이 복수를 꼭 성공시켜야겠다는 다짐. 그래야 이나를 지킬 수 있다는 걸 확실히 깨달을 수 있었다. 이미 우린 한배를 탔고 망설일 여유는 없었다. 과연 우리가 해낼 수 있을지는 장담할 수 없었지만, 배는 어디론가 나아갈 수밖에는 없다.

5. 봄맞이

_우진

햇볕이 제법 따뜻해졌다. 나는 베란다의 화분들을 한번 훑어보고 오랜만에 물을 주었다. 엄마가 키우던 화분들이었다. 화분을 돌보는 것이 엄마의 유언을 지키는 것이라 여겼다. 주위를 돌보라는 약속은 지키지 못했지만 엄마가 사랑으로 키우던 화분은 기꺼이 지킬 수 있었다. 하지만 슬아 사건 이후로는 화분들을 제대로 돌보지 못했다. 그날, 분갈이를 위해 흙을 퍼 온 기억이 겹쳐서 화분만 보면 그날 일이 떠올라 괴로웠다.

"띠링."

메시지가 왔다. 슬아였다. 슬아에게 귀신 휴대폰이 있다는 걸 처음 알았을 때 놀랐었다. 하지만 슬아가 나에게 개인적인 메시지를 보낸 건 처음이었다.

슬아

너 거기 있었지? 그날.

슬아가 어떻게 안 걸까. 귀신은 꿈속에도 드나들 수 있는 걸까.

우진

미안해. 거기 있었지만 난 아무것도 몰랐어.

고민 끝에 답장을 보냈다. 금세 다시 메시지가 왔다.

슬아

괜찮아. 탓하려는 게 아니니까.

그냥 기억난 거야. 그런데 네가 거기 있었던 게

어쩐지 중요한 것 같아.

우진

그래? 하지만 난 본 게 아무것도 없는데.

더는 메시지가 오지 않았다. 마음이 허전했다. 내 악몽을 드러낸 기분이었다. 슬아가 다 알고 있었다. 언제 기억이 났을까? 그동안 나를 바라보고 어떤 생각을 했을지 겁이 났다. 슬아는 아무렇지도 않게 나를 대했는데, 그건 연기였을까, 아니면 진심이었을까? 나는 마음을 안정시키고 싶어서 화분들을 둘러봤다.

화분의 식물들은 내가 돌보지 못한 동안에도 제법 스스로 자라 있었다. 어느새 큰 화분으로 분갈이할 때가 되어 있었다.

"저번엔 너한테 너무 작은 화분을 줬나 보다."

작은 화분에 담겨 있는 흙은 슬아 사건이 있던 날 퍼 온 것이었다. 진실을 알기 전에도 같은 반 아이가 죽었다는 건 나에게도 큰 충격이었다. 무슨 정신으로 흙을 담았는지 기억이 안 났다. 문득 이 흙이 꼴 보기 싫다는 생각이 들었다. 바꾸자.

나는 당장 실행에 옮겼다. 신문지를 깔고 흙을 퍼냈다.

"어?"

흙 속에서 뭔가가 반짝였다. 처음에는 돌멩이인가 싶었는데 자세히 보니 그게 아니었다.

"웬 SD 카드?"

흙 속에 SD 카드가 있다니 생각도 못 한 일이었다. 경황이 없어서 대충 흙을 담았던 탓에 전혀 몰랐었다.

나는 SD 카드에서 흙을 털어 내 책상 위에 올려놨다. 기분이 찜찜했다. 기막힌 타이밍에 뜬금없이 나타난 물건. 이유가 있다는 생각이 들었다. 하지만 눈앞에 막이 잔뜩 낀 것처럼 아무것도 알 수가 없었다. 이렇게 마음이 뒤숭숭한 걸 보면 분명히 어떤 의미가 있을 터였다.

분갈이를 마무리하고 베란다를 정리했다. 엄마가 하는 것을 자주 보고 돕기도 해서 쉬웠다.

"아, 씨."

눈물이 나오려고 했다. 어린애같이. 엄마가 돌아가시고 난 직후에는 너무 어이가 없어서 눈물도 나오지 않았다. 믿어지지 않는 이 현실을 받아들일 자신이 없었던 것 같다. 엄마의 부재가 익숙해지자 그제야 시도 때도 없이 눈물이 났다. 몇 개월 간은 그랬고, 이제는 나아졌다. 슬아가 눈에 보이고 나서부터는 단 한 번도 울지 않았다. 내가 우는 게 미안한 일이라는 걸 알게 되었다.

아버지는 퇴근이 늦었다. 아침에 아버지가 끓여 놓은 김치찌개를 데우기 위해 가스레인지에 냄비를 올렸다. 잠시 냄비를 바라보며 기다렸지만 빨리 끓을 기미가 보이지 않았다.

찌개를 그대로 두고 방으로 와서 책상 앞에 앉았다. 그리고 당연히 SD 카드부터 컴퓨터에 연결했다.

수백 개의 동영상 파일이 들어 있었다. 자연을 찍은 사진도 있었다. 영상을 열어 보려다가 겁부터 났다. 이상한 영상이 들어 있다면? 아니면 다른 사람의 비밀이 있다거나, 혹은 내가 알아서는 안 되는 판도라의 상자를 여는 것이라면?

그때 찌개 끓는 소리가 났다. 나는 마우스를 놓고 주방으로 달려갔다. 가스레인지 불을 끄고 전기밥솥에서 밥을 푸려다가 문득 이상한 생각이 들었다. 왠지 모르게 지금 영상을 열어 봐야 할 것 같았다.

"흠."

다시 책상에 앉은 내가 조금 한심했다. 누구 것인지도 모르는 SD 카드 속 영상에 관심을 가지는 내가 변태같이 느껴졌다. 단순한 호기심? 그보다, 뭔가 강한 끌림이 있다고 하는 편이 나았다.

나는 가장 최근 파일을 열었다. 초반에는 하늘을 찍은 영상이 나왔다. 하지만 이내 영상이 흔들리더니 땅바닥이 나왔고, 곧 어두워지면서 소리만 들리기 시작했다.

"너 내가 한심하다고 생각했지?"

"…"

"말해 봐. 내가 한심해?"

"아냐. 내가 왜 그런 생각을 해?"

"정말 맘에 안 들어. 여기 지금 아무도 없어. 우리뿐이니깐 솔직해져도 돼."

두 여자아이의 목소리. 둘 중 하나의 목소리가 익숙했다. 다른 한 명도 마찬가지였다. 거칠고 날카롭게 말하는 건 누구지?

"사과해."

"무, 무슨…."

"잘못했다고 말하라고."

다른 여자아이들 목소리도 등장했다. 아이들이 낄낄거렸다.

"싫어. 내가 왜?"

잠깐의 침묵.

"내가… 1등해서 그런 거야? 아니면 사과를… 해서?"

"그, 그런 말이 아니잖아!"

둔탁한 소리. 때린 건가? 밀친 건가?

"아아."
"그냥 사과하라고!"

또 다른 아이가 끼어들었다. 도대체 전부 몇 명이 있는 거지? 지
금까지는 다섯 명? 나는 점점 불안해졌다.

"사과하고 그냥 조용히 끝내자."
"아니야, 난 안 해."

순간, 나는 이 목소리의 주인공이 누구인지 깨달았다. 김슬아.

내 불안이 맞았다. 공교롭게도 그날 퍼 온 흙에 들어 있던 SD 카드는 그날의 기억을 담고 있었다.

"그때는 잘도 미안하다고 말해서 나를 비참하게 만들더니, 진짜 사과해야 할 때는 안 하네? 진짜 오늘 너, 한번 죽어 볼래?"

주요 인물 중 한 명이 슬아라는 걸 알게 되자 상대 목소리가 누구인지 기억이 났다. 평소 내게 건넨 말투와는 사뭇 다른 목소리여서 바로 알아채지 못했다. 이어서 바람 소리 같은 게 났다. 세찬 바람이 부는 건가 했지만, 조금 뒤 그 소리가 김슬아가 달리는 소리라는 걸 알았다.

"야!"
"저기 있다!"

아이들이 위협적으로 소리쳤다. 숨을 헐떡이는 소리와 달리는 소리. 그 정신없는 소리가 한참 이어지다가 갑자기 뚝 끊겼다. 끝이 났다.

정신이 아득해져 갔다. 그날, 그곳에서 퍼 담은 흙에 있던 SD 카드. 슬아가 거기서 뭔가를 잃어버렸다는 말은 들었지만 그게 정확히 어떤 것인 줄은 몰랐다. 아직까지 난 슬아와 이나의 대화에 끼기 어려운 존재였다. 특히 슬아는 얼마 전까지 나를 믿지 못했기에 SD 카드에 대해서도 말하지 않은 것 같았다.

당시 슬아는 낭떠러지에서 실족했다. 그 과정까지 녹음되어 있지는 않았지만, 나에게는 오히려 다행이었다. 그걸 들었다면 꿈속에서뿐만 아니라 현실마저 악몽처럼 느껴졌을 것이다.

아니다. 나는 이미 악몽 속에 들어와 있었다.

"그동안 이게 내내 우리 집 화분 속에 있었어….."

나는 이나와 슬아에게 영상을, 화면은 없고 소리만 있는 동영상을 들려주었다. 슬아가 짧게 한숨을 쉬었다. 하지만 더 말을 잇지 못했다. 미안하고 안타까웠다. 나 대신 이나가 입을 열었다.

"슬아가 찾던 게 이거야. 그날의 증거."

"난… 몰랐어. 미안해."

난 머리를 감쌌다. 그렇게 중요한 것을 가지고 있으면서도 몰랐다니, 나 자신에게 화가 났다. 하지만 화를 낼 줄 알았던 슬아는 뜻밖에도 다정한 표정을 지었다.

"괜찮아. 우리가 너에게 SD 카드에 대해 말한 적이 없잖아. 그리고 네가 알았어도 SD 카드가 화분 흙에 들어갔을 거라고는 상상도 못 했을 거야."

틀린 말은 아니었다. 하지만 안타까웠다. 조금 더 일찍 발견했다면 많은 게 달라졌을 것이다. 내 마음이 내내 찜찜했던 이유가 그것이었다. 분갈이를 할 흙을 퍼 담다가 우연히 슬아가 휴대폰을 떨어뜨렸던 그곳까지 갔던 것 같다. 그리고 운명처럼 내 삽은 흙과 함께 SD 카드를 담았다. 내 무의식은 그걸 알고 있었던 것 아닐까? 꿈을 통해 계속 신호를 보냈지만 내가 눈치채지 못했던 것이다.

"지금이라도 돌아왔으니 다행이라고 생각해. 어쩌면 영원히 못 찾았을 수도 있잖아."

이나가 정리했다.

"앞으로 내가 할 수 있는 일은 어떻게든 도울게."

내가 무슨 일을 할 수 있을지는 몰랐다. 그렇지만 할 수만 있다면, 뭔가 해야 한다는 걸 알았다.

"우리는 이제 증거가 있어. 이걸로 어른들에게 도움을 청할 수 있을 거야."

이나가 SD 카드를 소중히 집어 작은 카드용 봉투에 넣었다. 늘 핏기 없던 슬아 얼굴에는 생기가 돌았다. 우리가 유리한 고지를 점령한 건 분명해 보였다.

엄마… 미안해….

괜찮아, 아들….

6. 새 학년

_ 우진

새 학년 새 학기가 시작됐다. 서연은 나와 같은 반이 되었지만 학교에 나오지 않았다. 여전히 귀신이 된 슬아를 본 충격에서 헤어나지 못하는 것 같았다. 아쉽게도 이나는 옆 반이 되었다. 반이 갈릴지도 모른다고 생각하긴 했지만 막상 그렇게 되니 아쉬운 마음이 컸다.

수업이 끝나면 이나네 반 앞을 서성이는 게 일상이 되었다. 우연인 척 만나서 함께 하교할 때도 있었지만 대부분 이나는 미술 선생님에게 불려 가곤 했다. 새로 부임한 미술 선생님이 이나의 예전 작품을 눈여겨보고 지도를 자청한 것이다.

"너는 또 회장 됐다며?"

이나 대신 슬아가 물었다. 서연이 학교에 나오지 않으니 슬아는 편하게 학교에 왔고 하굣길을 함께하곤 했다. 공교롭게도 슬아는 이나가 미술실에 가는 날마다 학교에 나타나곤 했다.

"그렇지 뭐. 그런데 미술 선생님은 왜 갑자기 이나를 끼고 도는 거야?"

"곧 공모전이 있다나 봐."

슬아가 별것 아니라는 식으로 말했다. 이 학교 아이들이 공모전이나 대회를 준비하는 건 크게 특별한 일이 아니었다. 나도 과학 영재로 각종 대회에 나가 이력을 추가하기도 했으니까. 하지만 이나가 그런 걸 한다니 뭔가 이질감이 들었다.

"이나는 그런 데 관심 없지?"

"맞아. 그래서 억지로 끌려다니는 중이래."

이나에게는 편하게 물어볼 수 없는 이야기를 슬아에게 다 물었다. 이상하게 슬아가 편했다. 전에는 거의 모르는 사이나 다름없던

69

슬아가 지금은 친구처럼 느껴지다니, 이상한 일이었다. 슬아가 살아 있을 때 내가 조금만 마음을 열고 잘 지냈더라면 '진짜' 친구가 될 수도 있었을 텐데. 지금처럼 마음 한 켠에 죄책감을 갖고 지내는 사이가 아니라.

"일단 '학폭위'에 제보할 생각이야. 학교에서 일어난 일이니 그렇게 밟아 나가는 게 맞겠지."

나는 오랫동안 생각했던 말을 꺼냈다. SD 카드를 발견한 뒤로 우리는 이런저런 방법을 강구해 보았지만 앞선 곽도훈 사건 때 경험으로 신중하려고 노력했다. 곽도훈은 범죄를 저지른 사실이 명백했는데도 처벌을 받지 않았다. 학교 측에서 패널티를 주었다고는 하지만 우리가 생각할 땐 그건 제대로 된 죗값이 아니었다. 서연이 저지른 일 역시 그렇게 흐지부지 무마될 가능성이 있었다.

"전에도 말했지만 너는 네가 할 수 있는 일을 해. 난 내가 할 수 있는 일을 할 거니까."

슬아가 말했다. 당사자인 슬아의 생각이 가장 중요하다는 건 알았다. 하지만 이건 나의 문제이기도 했다.

슬아는 알까? 내가 자기 얼굴을 볼 때마다 무슨 생각을 하는지, 매일 밤 어떤 꿈을 꾸는지.

며칠 뒤, 서연이 학교에 나왔다. 서연이 학교에 나온 걸 알게 된 이나가 슬아에게 단단히 당부한 모양이었다. 의외로 슬아는 순순히 학교에 나오지 않기로 한 것 같았다.

오랜만에 마주한 서연은 파리해 보였다. 눈이 퀭한 것이 제대로 잠을 못 자고 잘 못 먹고 있다는 티가 났다. 내가 눈을 감으면 그날 일이 생각나듯, 서연도 죽은 슬아를 본 기억에서 벗어나지 못하는 것 같았다.

"다음 주에 첫 번째 평가 있는 거 알지?"

아침에 담임 선생님이 공지했다. 그 말을 들으니 서연이 학교에 나온 이유를 알 것 같았다.

곧 첫 번째 시험이었고, 시험을 놓칠 수 없던 서연은 두려움을 이겨 내고 외출을 감행한 것이다. 역시 독한 애였다. 서연은 그동안 못 들은 수업을 만회하려는 듯 쉬는 시간에도 자리를 떠나지 않고 문제집을 풀었다.

"한서연 왜 저래?"

"아파서 결석했다더니 좀 이상한 거 같지 않아?"

애들이 수군댔다. 딱 봐도 전과는 다른 모습이었다. 학교에서 서연은 늘 자신의 인기 관리에 신경 썼고, 공부하는 것을 티 내기보다는 숨기는 편이었다. 밤새 공부해 놓고도 안 한 척하면서 대범한 척했다. 남의 눈을 많이 의식하기 때문에 나오는 행동이었다.

그러나 지금은 다른 사람 시선을 살필 틈이 없어 보였다. 가끔 멍한 눈으로 황급히 주위를 두리번거리거나 누가 지나가면 깜짝 놀라면서도 문제집을 놓지 못했다. 전에 늘 붙어 다니던 규림과 도희는 멀찍이 떨어져 서로 속닥거릴 뿐이었다.

슬아의 복수가 어느 정도는 성공적이었다고 생각하니 나도 모르게 웃음이 나왔다.

"이우진."

웃은 걸 들킨 걸까. 뜻밖에도 서연이 내 자리로 와 서 있었다. 내내 엉덩이를 떼지 않고 자리를 지키던 서연이 웬일인가 싶었다.

"…왜?"

"이따 학교 끝나면 나 좀 보고 가."

서연의 목소리가 딱딱했다. 나를 좋아한다고 고백하던 모습과는 사뭇 달라 당황스러웠다. 이번에는 고백이나 그 비슷한 말을 하려는 게 아니니 당연한 일이었다. 하지만 차이가 컸다. 서연이 가면을 벗어 던진 느낌이었다.

서연이 나에게 말을 걸자 아이들 시선이 한번에 쏠렸다. 도대체 무슨 말을 하려는 건지 궁금해 하는 것 같았다. 다른 누구보다, 그 말이 가장 궁금한 건 나였다.

"이나랑 네가 한편인 건 알고 있어."

"그렇겠지. 곽도훈 사건 때 우리를 봤으니까…."

"그날 말고, 다른 날. 너희가 왔잖아. 나에게 헛것을 보게 만들려고."

서연은 슬아가 모습을 드러낸 날을 말하고 있었다. 이나가 주술 같은 걸 써서 자신에게 슬아를 보게 만들었다고 믿고 있는 듯했다.

"그건 이나가 그런 게 아니라…."

나도 모르게 이나를 감싸 주려다가 입을 다물었다. 뭐라 말하기도 애매했다.

"장이나에게 전해. 당장 이 이상한 저주를 안 풀면 나도 가만히 안 있을 거라고."

서연이 바싹 마른 입술로 말했다. 나는 고개를 끄덕이고 돌아섰다. 하고 싶은 말은 많았지만 일단 참았다.

"잠깐. 궁금한 게 있어."

서연이 나를 불러 세웠다.

"뭔데?"

"왜 장이나를 돕는 거야?"

왜냐니? 나는 화가 치밀었다. 서연은 아직도 자신이 무엇을 잘 못했는지 모르는 것 같았다. 사실, 서연이 어느 정도 벌을 받고 있다고 생각해서 조금 측은하다고 여기는 마음도 있었다. 하지만 그 마음이 한순간에 싹 사라져 버렸다.

"한서연, 네가 한 짓을 생각해 봐."

"내가 한 짓?"

서연이 아랫입술을 깨물었다. 입술이 잔뜩 말라 있던 탓에 피가 나왔다. 더 보기도 싫었고, 하는 말을 더 듣기도 힘들었다. 나는 도망치듯 그 자리를 빠져나왔다. 서연이 진심으로 불쌍했다. 죄를 뉘우칠 인간성이 그 애에게는 부족한 듯했다.

SD 카드 속 영상에서 나왔던 목소리가 떠올랐다. 소리만 들었을 때는 이게 진짜 서연일까 의심되기도 했지만 오늘로써 확실해졌다. 예쁜 얼굴과 똑똑한 머리는 그 애의 껍데기일 뿐이었다. 친절한 척 아이들 사이에서 인기를 누렸던 서연의 가면. 자신에게 굴복하지 않는 슬아를 집요하게 뒤쫓던 추악한 본모습. 분명한 건, 지금 서연이 자신이 과거에 저지른 과오에 대한 죄책감 때문에 괴로운 게 아니라는 점이었다.

"한서연이 뭐래?"

나는 우진에게 물었다. 분명 우진에게 무슨 이야기를 했으리라고 생각됐다. 같은 반인 데다 우진을 좋아하던 서연이었다. 우진이 내 편이라는 걸 알고 어떤 반응일지 궁금했다. 사실 통쾌했다. 그 애가 아무리 원해도 영원히 갖지 못하는 한 가지가 생겼다는 게 고소했다.

"왜 돕느냐고 묻더라."

조금 망설이던 우진이 대답했다. 듣는 순간 어이가 없었다. 아직도 서연은 전혀 뉘우치지 않고 있었다. 그래도 조금은 기대했다. 인간이라면 죄책감이 조금은 있지 않겠느냐며. 하지만 서연은 철저하게 자기 자신만 생각하는 애였다.

"곧 시험이야."

우진이 말했다.

"망해라. 아, 너 말고 한서연."

나도 모르게 인상을 쓰며 말을 뱉어 버렸다. 우진이 놀랐다는 듯이 웃었다. 우진에게는 아무 감정도 없었다. 오히려 좋아하는 쪽이었다. 물론 예전처럼 이성적인 감정은 아니었다. 우리 사이에는 그 이상의, 우정 비슷한 게 생겨나고 있었다. 그리고 둘 가운데에는 늘 이나가 존재했다.

날마다 우진이 학교가 끝나면 이나를 기다린다는 걸 알고 있었다. 하지만 요즘 이나가 바빠 괜히 마음이 쓰여 나도 모르게 우진에게 가곤 했다. 나라도 빈자리를 채워 주고 싶었다고나 할까. 그 자리를 욕심내는 건 절대로 아니었다. 굳이 비교를 하자면 우진보다는 이나가 좋았다. 그러니까 우진과 같이 하교하는 건 이나를 위해서였다.

이나는 요즘 '진짜' 그림을 그렸다. 나는 우진을 만나 대화를 나누는 만큼 이나가 있는 미술실도 드나들었다. 미술 선생님이 없을 때는 이나와 마음껏 이야기도 나눌 수 있었다.

이나의 그림 실력은 곽도훈 사건 때 이미 봐서 알고 있었지만, 이번 그림은 정말 '작품'이라 할 수 있었다. 미술 선생님은 꽤나 괜찮은 사람이었다. 이나의 그림에서 어떤 감정을 읽어 낸 사람이었으니까. 이나는 그림으로 사람의 감정을 전달하고 시간을 재현했으며 알지 못했던 어느 공간의 기억도 이끌어 냈다.

"너는 좋은 그림을 그려 줘. 학교 일은 우진이 도와줄 거고, 나도 나대로 일을 진행할 거야. 넌 아무 걱정도 하지 마."

그림을 그리다 나를 의식하는 이나에게 나는 최대한 다정하게 말했다. 그림이 완성되는 게 나에게도 중요한 일이라는 걸 전하고 싶었다.

이나가 그리는 그림은 스산한 어느 날의 오후였다. 구름이 잔뜩 낀, 뭔가 불안한 일이 일어날 것만 같은 날. 전체적인 채색은 희미했지만 그림은 점점 제 모습을 찾아 가며 자세해졌다. 그 이상한 하늘 아래에서 무슨 일이 일어날지는 아직 알 수 없었다. 하지만 미완성인 그림을 보고 있노라면 묘한 기분이 들었다.

"서연에게 모습을 보이는 게 기발한 생각이긴 했어."

이나가 붓에서 눈을 떼지 않은 채 말했다. 칭찬 아닌 칭찬을 들으니 조금 우쭐하기도 했다.

"하지만 당분간 학교에는 오지 마. 일단 우진이를 믿어 보자."

또 잔소리. 조금 실망스러웠지만 이나 말이 틀리지 않았기에 뭐라 반박하기도 힘들었다.

시험 보는 날이 되었다. 이나는 여전히 학교 일엔 관심이 없었고 그림만 그렸다. 이번에는 정말 그리고 싶은 게 있는 것 같았다. 우진은 공부를 하는 건지 안 하는 건지 티는 안 냈지만 열심히 준비했으리라는 믿음이 있었다.

서연이 어떻게 시험을 볼지 궁금했다. 마음만 먹으면 한달음에 학교로 갈 수 있었다. 하지만 이나의 당부가 형체 없는 내 몸을 붙들었다. 결계 따위가 없어도 그 말 한마디에 나는 움직일 수가 없었다.

오후에 이나가 집에 돌아올 때까지 나는 마냥 기다렸다. 우진을 만나러 학교 앞으로 가고 싶은 것도 참았다.

알 수 없는 발신자
⌐ 김슬아.

그때 메시지가 왔다. 그제야 전에 이나에게서 도망쳤을 때 받았던 알 수 없는 상대의 메시지가 떠올랐다. 그때는 우진이라 생각하고 대수롭지 않게 여겼는데, 우진은 지금 학교에 있었다. 한창 시험 보는 중일 테고, 휴대폰을 켜지도 못할 터였다.

그럼… 우진이 아니었던 건가.

슬아
너 누구야?

물으면서도 상대가 누구인지 도무지 짐작이 되지 않았다. 내가 귀신으로 떠돈다는 걸 아는 이는 이나와 우진, 이나의 할머니, 그리고 서연뿐이었다. 귀신인 나의 존재를 알아야 귀신 휴대폰으로 메시지를 보낼 수 있을 것 같았다.

슬아
한서연?

알 수 없는 발신자
그렇게 말할 줄 알았어. 진짜 너 김슬아인가 보구나.

슬아
그게 무슨 말이야?

메시지는 더 이어지지 않았다. 메신저 아이디만 있고 전화번호가 없어서 전화를 걸어 볼 수도 없었다. 누군가 장난을 하고 있는 걸까? 하지만 내 이름을 똑똑히 말했다. 내가 죽은 것도 알고 있는 것 같았다. 무엇보다 이상한 건, 죽은 걸 알고 있으면서도 대화를 시도했다는 사실이었다. 역시 내가 귀신이 된 걸 아는 걸까.

종일 찜찜해 하고 있는데 이나가 돌아왔다.

"좋은 소식이 있어!"

이나는 문을 열면서 소리쳤다.

"한서연 시험 망쳤어?"

나도 소리쳤다. 하지만 이나는 그게 무슨 소리냐는 듯한 얼굴이었다.

"나… 그림 완성했다고. 미안. 난 네가 그 소식 기다리는 줄 몰랐어."

"그래? 정말 잘됐다. 내일 그림 보러 갈게. 아니, 지금 내가 미술실 가서 보고 올게."

나는 실망스러움과 미안함이 범벅된 기분으로 애써 웃었다. 역시 이나에게 시험은 큰 이벤트가 아니었다. 지금 이나에게 중요한 것은 오직 그림. 이나의 관심사는 온통 그쪽에 쏠려 있었다. 이나가 완성한 작품이 정말 기대됐다. 그러나 이나는 고개를 저었다.

"선생님이 이미 가져가셨어. 출품한다고 하셨거든."

"아, 맞다. 공모전 나간다고 했지?"

알고 있었는데도 아쉬웠다. 마감에 아슬아슬하게 완성할 줄 알았으면 어제라도 가서 완성 직전의 그림을 보고 올 걸 그랬다는 생각이 들었다.

"한서연에 대한 건 우진이가 알 거야. 우진이에게 물어보자."

이나가 실망한 내 얼굴을 놓치지 않고 마음을 챙겼다. 그리고 우진에게 전화를 걸어 나에게 건네주었다.

우진은 서연이 시험을 잘 봤는지는 모르지만 얼굴이 죽을상이었다고 했다. 시험을 보면서도 도통 집중을 못 하고 주위를 두리번거

려서 감독 선생님에게 주의도 받았단다.

"꼴좋네. 날 보고 난리를 치면 다른 애들 시험까지 망칠까 봐 아예 안 간 건데, 갈 필요도 없었어."

이나가 이죽거리는 나를 가만히 바라보았다.

"슬아 너, 그러니까 좀 평범해 보여."

"평범해 보인다고?"

"처음 널 봤을 땐 또래 여자애 같지가 않았거든. 잔뜩 주눅 들어서 다른 애들 눈치만 보고 대화에 귀를 기울이고 있더라. 얼굴에 표정도 없었고. 처음에는 억울한 죽음을 당한 귀신이어서 그런 건가 했는데, 원래 네 모습이었던 거였어."

"…그러게. 내가 왜 그렇게 살았을까. 이왕 한 번 사는 거… 좀 잘 살걸."

"아니야. 잘 살지 못했다는 표현은 맞지 않는 거 같아. 그보다는…."

"알아. 재미있게 살지 못한 걸 후회한다고 정정할게."

나는 씩 웃었다. 친구와 마주 앉아 농담도 하고 웃고 수다 떠는 일이 좋았다. 그것도 성격이나 외모는 전혀 다르지만 마음 하나는 잘 맞는 따뜻한 친구와 함께.

내 죽음의 진실을 밝히고 복수마저 끝나면 더는 이런 시간도 없겠지. 나는 이 시간을 망치고 싶지 않아 모르는 상대에게서 받은 메시지 이야기는 꺼내지 않았다. 아직 아무 단서도 없는, 장난일지도 모르는 메시지로 이나와 나의 행복한 시간을 허비하고 싶지 않았다.

그리울 것이다. 지금처럼, 이승의 시간에 잠시 끼어들어 있는 순간이.

8. 기회

_ 슬아

　서연의 등수가 곤두박질쳤다. 그리고 시험 결과가 나온 날, 이나는 통보 하나를 받았다. 미술 공모전에서 대상을 탔다는 소식이었다.

　"정말 축하해!"

　나는 이나를 감싸듯 안아 주었다. 정신을 집중하고 내 친구를 느꼈다. 내 마음이 전해지길 바라면서.

　내가 상을 탄 것 이상으로 기쁜 소식이었다. 미술 공모전 홈페이지에는 이나 작품의 사진이 올라와 있었다. 묘한 색으로 이루어진 몽실몽실한 하늘은 전보다 더욱 섬세하고 몽환적인 세계로 그려져 있었다. 그 아래, 여자아이 하나가 두 팔을 하늘로 뻗어 올리고 있었다. 여자아이는 거대한 하늘에 비해 작고 초라했다. 하지만 한가

〈기회〉

운데 꿋꿋이 서서 뭔가 거역할 수 없는 일을 맞이하고 있었다. 얼굴은 옆모습만 보였지만 그 상황을 억지로, 어쩔 수 없이 받아들이는 듯해 보였다.

실제로는 뛰지도 않는 내 심장이 조각조각 갈라지는 것 같았다. 그 아이는 나 같았다. 내가 처한 이 상황. 살지도, 죽지도 못하는 이 비참함. 가슴이 미어져 목이 다 아파 왔다.

그림 제목은 '기회'였다.

"기회…."

기회. 사람은 살면서 몇 차례 기회가 온다. 그리고 누군가는 그 몇 차례의 기회조차 갖지 못한다. 나처럼, 일찍 죽어 버린 경우.

지금 나는 다른 기회를 가지고 있다. 시간을 되돌려 부활하는 기회라면 더할 나위 없겠지만, 그래도 다시 없을 '복수의 기회'였다.

"슬아야, 그냥… 내 마음이… 그릴 수밖에 없었어. 미안해."

이나가 미안해 할 이유는 없었다. 그림을 보는 순간 나는 위로받는 기분이 들었다. 하늘은, 그날의 지독한 하늘 같기도 했고 귀신이 되었을 때 보았던 새로운 하늘 같기도 했다. 분명한 것은 화가 나거나 마음이 아프지 않다는 거였다. 여자아이가 귀신이 된 것은 저주나 실수가 아니었다. 그냥 그렇게 된 것이었다. 계시나 운명처럼.

나에게 주어진 복수의 기회가 누군가에게 공식적으로 인정받은 듯했다. 해도 된다고. 복수는 정당하다고, 괜찮다고, 어루만지고 독려하는 것 같았다.

"넌 정말 특별한 재능이 있어. 어떻게 그날 거기 있지도 않았으면서 내 마음을, 내가 본 하늘을 이렇게 그대로 재현했어? 이렇게 작은 사진 말고 원화도 직접 보고 싶어."

붓 터치까지 보이는 원화를 마주하면 어떤 느낌일까. 눈물이 왈칵 쏟아질지도 모른다. 지금은 이나가 마냥 자랑스러웠다. 내 생각보다 더 훌륭했다. 세상이 이나의 그림을 인정해 줘서 다행이었다.

"대신 시험은 아주 못 봤어."

이나가 어깨를 으쓱했다. 시험 따위는 상관하지 않으면서 괜히 그러는 거였다. 시험에 집착하는 사람은 따로 있었다. 단 한 번 시험에서 자기를 앞섰다는 이유만으로 따돌리고 괴롭혀 죽음에 이르게까지 한 그 사람. 나는 빠른 시일 안에 그 사람이 어떤 얼굴을 하고 있는지 보고 싶었다.

결국 난 다음 날 학교로 가고 말았다. 몰래 눈에 띄지 않게 다녀올 셈이었다. 굳이 학교에 소란을 일으키고 싶지 않았다. 우진이 학교에 SD 카드 영상을 증거로 제출했기에 당분간 조용한 것이 나았다.

곧바로 교실로 갔지만 서연은 아직 등교하지 않은 상태였다. 대신 나를 발견한 우진이 놀란 눈을 했다.

"한서연이 보면 어쩌려고 그래?"

"보라지."

나는 아무렇지 않은 척 교실을 둘러봤다. 하지만 누군가 앞문으로 들어올 때마다 시선이 절로 앞쪽으로 갔다.

"왜 안 오지?"

"글쎄…. 시험 결과 확인하고 얼굴이 많이 안 좋긴 하던데."

우진은 서연을 조금 걱정하는 것처럼 보였다. 마음에 안 들었다. 도대체 왜 서연을 걱정하는 건지.

"실례지만 여기, 담임 선생님 어디 가셨습니까?"

카랑카랑한 목소리가 느닷없이 교실에 울렸다. 아름다운 얼굴과 명품 정장을 입은 아주머니였다. 언뜻 우아하고 예의 바른 듯했지만 묘하게 기분 나쁜 말투였다.

놀란 듯한 우진의 담임 선생님이 나오고 다른 반에서도 선생님들이 튀어나왔다. 아주머니는 이제 교장 선생님을 찾았다. 그때 누군가 아주머니 앞을 막아섰다. 학년 주임 선생님이었다.

"도대체 누구신데 이러십니까?"

"어머, 저 모르시나요? 저 한서연 엄마입니다."

"예?"

선생님들이 당황하는 사이, 가장 먼저 상황을 파악한 우진의 담임 선생님이 앞으로 튀어나왔다.

"서연이 어머님, 학생들도 있으니 여기서 이러지 마시고 교무실로 함께 가시죠."

우진의 담임 선생님은 서연의 성적이 떨어진 것 때문에 왔음을 눈치챈 것이다.

"교무실요? 제가 왜 교무실로 갑니까? 교장실로 안내해 주세요."

"예, 예. 일단 가시죠."

서연의 엄마는 마지못하는 척 담임을 따라갔다.

"한서연 같네. 묘하게 사람 부려 먹는 저 말투까지도."

우진이 중얼거렸다. 우진의 눈에 경멸하는 빛이 뚜렷했다. 잠시나마 우진이 서연을 걱정한다고 의심한 게 미안할 정도였다.

"진짜 미쳤다니까. 저 집안 사람들은 다 똑같아."

"어쨌든 한서연은 오늘 학교에 안 올 거 같으니 편하게 있어. 이제 우리 학교에서 너를 볼 수 있는 사람은 나랑 이나 둘뿐이니까."

우진이 다정하게 말했다. 우리 반 회장이었던 시절의 이기적인 냉정함은 이제 찾아볼 수 없었다. 탓하는 건 아니지만, 사실 나는 우진의 도움을 바란 적이 있었다. 부회장이었던 서연이 나를 은근히 따돌릴 때, 회장인 우진이 나서 주면 좀 나아지지 않을까 생각했다. 서연을 상대할 수 있는 든든한 내 편이 되어 주었으면 했다.

"가서 봐야겠다. 저 아줌마가 뭐라고 하는지."

이제 서연도 없으니, 내가 가만히 있을 이유가 없었다. 나는 교무실과 교장실 쪽으로 향했다. 근처에 가까워지니 복도로까지 서연 엄마의 목소리가 새어 나왔다.

"이 시험은 무효입니다. 재시험 날짜 당장 잡아 주십시오."

교장실 문은 닫혀 있었다. 하지만 다행히 누군가 금세 도망치듯 나왔고 그 틈을 타 안으로 들어갈 수 있었다. 교장실 안에서는 교장 선생님과 우진의 담임 선생님이 당황하며 눈빛을 주고받고 있었다.

"재시험이라니요? 왜 그런 말씀을 하시는지요?"

"시험 문제를 출제한 수학 선생 아들이 이 학교 다녔던 거, 내가 모를 줄 알았습니까? 게다가 같은 학년이었다면서요. 그런데 제가 어떻게 이 시험을 인정합니까?"

"예? 하지만 그 학생은 그 선생님 임용이 결정되자마자 다른 학교로 전학 갔습니다. 법규상 같은 학교에 다닐 수가 없거든요. 게다가 시험지가 유출됐다는 증거도 없고⋯."

"시험지 유출이 안 됐어도 출제 과정 중에 문제가 유출됐을 가능성이 있으니 저는 인정 못 합니다. 그 학생이 이 학교에 다닐 때 친했던 친구들은 아직 여기 있잖아요! 그 친구들에게 얼마든지 문제가 흘러 들어갔었을 수 있습니다. 저, 재시험 실시 안 하면 당장 공론화시키겠습니다. 제가 어떤 사람인지 아시죠?"

담임 선생님은 서연의 엄마가 누군지 모르는 표정이었지만 교장 선생님은 연신 굽실거리는 것이 뭔가 아는 눈치였다. 나는 아이들과 어울리지 못해서 소문에 어두웠으므로 서연의 배경에 대해 아는 게 없었다.

"그럼 교장 선생님, 잘 부탁드립니다. 현명하게 대처하시리라 믿습니다."

서연 엄마는 공손한 말투와는 달리 찬바람을 일으키며 뒤도 안 돌아보고 나갔다. 복도로 또각또각하는 하이힐 소리가 멀어져 가자, 담임 선생님이 고개를 갸우뚱했다.

"교장 선생님, 저… 서연 어머님이 누구신지…?"

"이 선생님은 서연 어머님 몰라요?"

"네? 꽤나 미인이시긴 하지만 누구신지는….."

"이 선생님은 어렸을 때니 몰랐을 수도 있겠군요. 서연 어머님은 한때 잘나가던 배우였다가 갑자기 잠적했던…. 다시 나타났을 때는 아이를 데리고 나타나서 〈한실일보〉 사주 부인이 됐지요."

교장 선생님이 목소리를 최대한 낮추고 속삭였다.

"그럼 서연이가 그…."

담임 선생님은 쓸쓸한 표정으로 입을 다물었다.

나도 담임 선생님과 비슷한 기분이었다. 〈한실일보〉라면 우리나

라에서 손꼽히는 신문사였다. 마음만 먹으면 이런 학교 하나쯤 죽이는 건 일도 아닐 터였다. 영재 학교의 썩은 비리니 뭐니 하며 꼬투리를 잡아 쓴 기획 기사가 실리는 게 눈에 선했다. 넘을 수 없는 높은 벽이 앞을 가로막은 기분이었다.

결정은 어차피 교장 선생님이 할 테지만 결국 재시험을 보는 것으로 결정될 것이다. 위기감이 들었다. 우리 계획이 틀어지는 건 시간문제였다. 우리 힘으로 바꾸기에는 만만찮은 상대였다.

그로부터 얼마 뒤, 나의 불안한 예감은 현실이 되었다.

"말도 안 돼! 뭐가 증거 부족이야?"

우진이 기껏 만들어 제출한 서류가 증거 부족으로 무효가 되었다. 뻔히 녹음되어 있는 소리가 모두 인정되지 않은 것이다.

우리는 도저히 이해할 수 없었다. 우진은 영상의 소리가 조작될 수 있어서 증거로는 부족하다는 답을 들었다고 씁쓸하게 설명했다. 나는 허무했다. 잘되고 있다고 생각했는데, 그게 아니었다. 학교는 이미 지나간 사건을 다시 조사하는 수고를 들이고 싶지 않은 것이다. 게다가 이미 결정 난 판단을 뒤엎어 괜히 진흙탕을 만들고 싶지 않을 터였다.

나에게 주어진 기회가 이대로 끝나는 걸까? 그날의 하늘은 나에게 이런 대답을 주는 걸까?

9. 도둑

_ 우진

이나의 미술 공모전 시상식에서 본 작품은 아주 인상 깊었다. 기묘하게 얼룩진 하늘과 그 하늘을 올려다보는 소녀. 평면 그림일 뿐이지만, 하늘이 일렁이는 것처럼 보였다. 그 하늘이 나에게 이렇게 말하는 듯했다.

"너 때문이야. 너도 한패나 다름없어."

맞다. 따돌림을 방관하는 것도 죄다. 그래서 나도 아팠다. 죗값을 조금이라도 덜고 싶어서 애썼지만 실패했다. 소리만 들어간 동영상은 증거가 안 된다고 했다. 법적으로도 그렇다며 학교는 아무것도 받아들이지 않았다. 우리의 외침은 귓등으로도 듣지 않았다.

"내가 뭘 어떻게 해야 하는 거지?"

나는 그림 앞에서 작게 중얼거렸다. 이제 내 악몽은, 시커먼 밤이 이어지는 모습으로 나타났다. 꿈을 꾸고 있지만 아무 꿈도 보이지 않는 칠흑같이 어두운 밤, 목적지도 모르고 마냥 걷는 느낌. 내 손과 발조차 보이지 않는 어둠. 마치 손과 발이 사라지고 없는 것만 같아 무서웠다.

형벌.

그렇게 어둠 속을 나아가다 보면 어느 순간 어떤 소리가 들려왔다. 슬아의 동영상에서 들리던 소리였다. 다만 그보다 작게 중얼거리는 소리. 소리에 소리가 겹쳐서 만들어진 웅성거리는 소리는 나를 비난하는 소리 같았다. 실제로는 녹음되지 않았지만 내 귀에는 들렸다. 슬아의 찢어지는 비명이, 슬아가 죽음을 맞이하는 소리가.

〈기회 _ 장이나〉

그림 제목이 '기회'였다. 나에게 주어진 기회. 죄책감에서 벗어나 잘못을 회개할 기회.

"대단하지?"

슬아였다. 슬아는 누구보다 이나의 시상식에 감격했다. 이나의 할머니조차 울지 않았는데 슬아는 눈물만 흘리지 않았지 흐느끼는

소리를 냈다. 눈물이 나지 않는 건 귀신이기 때문이라 했다.

"신기하지? 나도 몰랐어. 귀신은 눈물이 나오지 않는다는걸. 하긴, 죽어 본 적이 없으니 그걸 누가 알겠어?"

억지로 웃고 있는 슬아가 불쌍했다. 이럴 때마다 내 속은 죄책감으로 시커멓게 변했다. 살아 있는 이나도, 죽은 슬아도 내가 지켜주고 싶었다.

이나는 할머니와 함께 기념 사진을 찍고 있었다. 할머니는 퉁명스러운 얼굴을 하고 있었지만 아마 속으로 이나를 자랑스럽게 여길 것이다. 예전에 내가 과학 경시 대회에서 수상했을 때 무척 기뻐하던 엄마가 떠올랐다. 그때도 엄마는 내 수상 축하를 동네 사람들에게 음료수를 돌리는 걸로 대신했다. 엄마가 보고 싶었다.

처음에 이나가 귀신을 보는 무당집 손녀라는 걸 알았을 때, 엄마를 불러와 주기를 기대했다. 하지만 시간이 지나면서 내가 먼저 해야 할 일이 있다는 걸 알았다. 단순한 사고라 생각했던 것이 가해자가 있는 사고였다니. 내 부탁이 얼마나 염치없었는지 뒤늦게 알았다.

"우리 이나 몰래 서프라이즈 축하 파티 열까?"

슬아가 먼저 말을 꺼냈다. 이나를 위해서는 좋은 생각 같았다. 하지만 내 마음은 그럴 수가 없었다. 슬아 문제가 해결된 것이 아무것도 없었기 때문이다.

"곧 재시험이잖아. 공부 좀 해야지."

"아, 맞다. 이나는 너무 신경을 안 써서 깜빡했어. 공부 열심히 해!"

나도 이나의 수상을 축하하고 싶었다. 사실 공부 따위 할 생각도 없었다. 서연의 집안이 주장하여 치르게 된 재시험 자체도 기분 나빴다.

집으로 돌아오는 길에 다시 한번 학교에 전화를 걸었다. 내가 몇 차례 건의한 끝에 원본 SD 카드를 제출하면 분석을 해 보겠다는 답이 돌아왔다. 하지만 선뜻 내키지 않아서 미루고 있었다. 복사본을 제출했는데 왜 원본을 달라는 건지 이해가 안 됐다. 불안한 마음도 있었다. 만약 원본이 분실이라도 된다면… 돌이킬 수 없을 것이다.

집에 들어서는데 기분이 이상했다. 아버지는 나보다 먼저 새벽에 나갔고 아직 귀가 전이었다. 하지만 뭔가 집 안이 달라진 기분이 들었다.

"이건….""

나는 외출하기 전에 일부러 책상 서랍 손잡이와 책상 위에 화분 흙을 살짝 뿌려 놓고 나왔다. 하지만 집에 돌아와 보니, 흙이 이리저리 흩어져 있었다. 특히 서랍 손잡이에는 흙이 전혀 없었다.

누군가 집에 들어와서 방을 뒤진 게 분명했다.

겉으로 보기엔 정리되어 있는 것처럼 보이지만, 흙은 누군가 집을 뒤졌다고 말하고 있었다. 내가 흙 같은 걸 표식으로 썼으리라곤 생각 못 했을 것이다.

대체 누구지?

단순히 금품을 훔치기 위한 도둑이었다면 공들여 도로 정리해 놓지 않았을 것이다. 혹시나 싶어서 서랍 안쪽에 넣어 둔 용돈을 확인했지만 그대로 있었다. 침실에 있는 엄마의 금붙이 유품들도 그대로였다.

들어왔다가 나간 걸 들키고 싶지 않았던 것이다. 그리고 분명 찾는 것이 따로 있다.

나는 서둘러 화분 바닥에 붙여 놓은 SD 카드를 확인했다. 다행히 그대로 있었다. 범인이 이걸 노렸지만 실패했다면? 그래서 더욱 흔적을 남기지 않으려 했을 것이다. 즉, 그건 내가 이 시도를 모르기를 바랐다는 것이다. 그리고 다시 우리 집에 올 가능성이 아주 많다는 뜻이기도 했다.

하지만 누가? 내가 SD 카드를 가지고 있다는 사실을 아는 사람은 슬아와 이나뿐이었다. 그리고 학폭위 담당 선생님. 이나가 누군가에게 말할 리는 없고, 그렇다면 새어 나갔을 곳은 학교 측뿐이었다. 원본을 제출하라고 했던 말이 생각났다. 소름이 돋았다. 역시

나 검은 의도가 있었던 것이다.

내가 원본을 제출하지 않아서 직접 찾으러 오기라도 한 건가?

만약 서연의 집안이 개입했다면 전혀 신빙성 없는 추측은 아니었다. 학교에 영향력을 행사할 수 있는 서연의 부모는 충분히 그럴 만했다. 원본 증거의 존재를 알고 사람을 보내 훔쳐 오도록. 그날 들었던 도도한 구두 굽 소리가 어디선가 들려오는 것만 같았다.

"치사하게…."

경찰을 찾아가 정식으로 접수하면 달라질 수 있을까? 하지만 이미 곽도훈 사건에서 한번 맛본 좌절이었다. 빼도 박도 못할 증거가 없다면, 아무도 귀 기울이지 않을 것이다.

"이게 중요한 증거가 될 줄 알았는데."

SD 카드를 넣어 둔 작은 지퍼백을 만지작거렸다. 물론 쓸모가 아주 없을 것 같진 않았다. 도둑이 들어왔다는 건 이게 중요한 물건이라는 증거였다.

며칠 뒤, 화분 밑에 있던 SD 카드가 사라졌다.

"기어코 가져갔구나."

내 예상이 맞았다. 도둑이 노리던 것은 역시 SD 카드였다.

10. 귀신

_ 슬아

서연의 방에 불이 다시 켜졌다. 새벽 한 시. 나는 아직 들어가지 못하고 있는 그 집을 올려다보고 있었다.

분명 한 시간 전에 방 불은 꺼졌다. 자려고 누웠다가 시험에 대한 불안 때문에 뒤척였을 서연이 눈에 선했다. 그 작은 머릿속에는 온통 시험 생각밖에 없는 것 같았다. 재시험이 확정되고 심기일전하여 노력할 수밖에 없을 것이다. 하지만 서연이 순순히 좋은 결과를 얻도록 내버려 둘 수 없었다.

조금 뒤, 누군가 집에서 나왔다. 분명히 서연이었다. 까만 모자를 눌러쓰고 있었지만, 새침한 옆모습이 티가 났다. 서연은 모자를 눌러쓰고서 빠른 걸음으로 어디론가 갔다. 다행히 나를 못 본 것 같았다.

나는 조심스레 그 뒤를 따랐다. 서연은 편의점으로 가서 음료 냉장고를 열었다. 맥주를 잡았다가 이내 놓고, 사이다를 꺼냈다.

나는 그 광경을 편의점 밖에서 보고 있었다. 서연이 계산을 하기 위해 뒤돌았을 때는 얼른 숨었다. 누군가의 앞에서 몸을 숨겨야 한다는 게 참으로 이상했다. 계산대에 있는 아르바이트생 언니는 내가 무슨 짓을 하든 모르는데 말이다.

서연은 편의점을 나와 집 앞 공원으로 갔다. 그리고 벤치에 앉아 사이다를 땄다. 난 서연을 멀리서 지켜보다가 슬며시 가까이 갔다. 내가 다가가자 서연이 한숨 쉬는 소리가 들렸다.

"왜? 공부가 잘 안 돼?

"누구?"

서연이 고개를 들었다. 나와 눈이 마주치자마자 놀라 입을 벌렸다.

"너… 너…."

새하얀 서연의 얼굴이 어둠 속에서 더 하얗게 질려 보였다. 내 마음이 가득 부풀었다. 갑자기 나도 참 못된 구석이 있다는 생각이 들었다. 서연의 불행이 나의 행복이라니. 영화나 드라마에서는 자신의 인생을 망친 적을 넓은 마음으로 용서하고 해피 엔딩 아닌 해피 엔딩을 맞이하기도 한다. 어떻게 그럴 수 있을까? 복수는 못 하더라도 증오하고, 평생 미워해야 정상 아닐까? 나는 서연이 벌을 받아야 후련할 것 같았다.

나는 나지막이 말했다.

"나야."

서연이 차마 아무 말도 못 하고 "헉." 하며 숨을 몰아쉬었다.

"나 안 보고 싶었어?"

예전의 나라면 생각도 못 했을 말이었다. 하지만 나는 변했다. 엄청나게 큰 사건을 겪고 나서.

"…그, 그럼 그날 밤 내가 본 게 정말 너였다는 거야?"

서연은 손을 덜덜 떨고 있었다. 죄를 지었으니 겁이 나는 게 당연하다. 우진도 서연처럼 갑자기 나를 보게 되었지만 겁은 먹지 않았다. 오히려 반가워했다. 나는 좀 더 서연을 골려 주고 싶어서 목소리를 낮게 깔았다.

"널 벌주려고 내가 돌아온 거야."

서연은 "히익!" 하고 웃는 건지 우는 건지 모를 소리를 내더니 벌떡 일어나 정신없이 뛰어 도망쳤다. 서연이 앉았던 벤치엔 먹다 남은 사이다 캔이 나뒹굴었다. 나는 몸을 날려 바람처럼 서연에게 날아가 앞을 막아섰다.

"그러니까 처음부터 착하게 살지 그랬어? 그렇게 겁을 낼걸, 왜 처음부터 나쁜 짓을 해? 이 살인자!"

"저리 가! 넌 가짜야! 장이나가 나한테 최면 같은 걸 걸어서 환상을 보게 만든 거 다 알아!"

"보기보다 너 상상력이 뛰어나구나?"

서연이 눈을 질끈 감고 내 쪽으로 뛰어들었다. 내 몸을 그대로 뚫고 통과했다. 기분이 나빴다. 어딜 감히, 나를 지나가?

"넌 도망가지 못해. 영원히."

"아니야!"

서연이 자기 집으로 뛰어가 문을 열었다. 내가 미처 들어가기 전에 문이 쾅 닫혔다. 초대 받지 못한 손님인 나는 억지로 문을 통과해서 들어갈 수 없었다. 게다가 자세히 보니 대문에 뭔가가 붙어 있었다. 붉은 글씨로 휘갈겨 쓴 한문 같기도 하고, 그림 같기도 한 표식. 부적인가?

"다음에는 좀 더 빨리 움직여야겠네. 한서연, 시험 공부 열심히 해라!"

잠시 멈칫하다가 자기 방으로 뛰어가는 서연의 발소리가 들렸다. 웃겼다. 하지만 왜 이리 씁쓸한지 모를 일이었다.

나는 굳게 닫힌 대문에 붙어 있는 부적을 자세히 보았다. 알아 보나 마나 귀신이 들어오지 못하게 붙여 둔 것이겠지. 아마 능력도 없는 돌팔이에게 사기당했을 것이다. 교실로 찾아와서 고개를 치켜들던 서연 엄마가 떠올랐다. 역시 그 사람이 한 짓이었다. 서연의 말을 믿든 안 믿든, 서연 엄마는 적어도 이나가 서연에게 이상한 최면을 건 거라고 굳게 믿고 있는 것이다.

서연 방의 불이 꺼졌다. 이불을 뒤집어쓰고 덜덜 떨고 있을 게 눈에 선했다.

"이미 시험 공부할 마음은 사라졌을 테니 내가 뭘 더 하지 않아도 되겠지."

나는 서연의 집에서 서성이는 걸 그만두기로 했다. 바보가 아닌 이상, 서연이 오늘처럼 밤에 혼자 밖으로 나오는 일은 없을 테니까.

그때, 마치 이 상황이 종료되길 기다렸다는 듯이 메시지가 왔다.

알 수 없는 발신자
한서연은 이번에도 1등을 할 거야.

슬아
무슨 이야기야? 도대체 너 누구야?

알 수 없는 발신자
너희가 무슨 일을 꾸미는지는 몰라도

헛수고일 거 같아서 충고하는 거야.

슬아
그걸 어떻게 알지?

알 수 없는 발신자
난 서연이와 그 집을 잘 아니까. 자기 자리를 빼앗으려고 들면 물어뜯을 거야.

슬아

너 내가 누군지 정말 알고 있는 거야?

답장이 더 오지 않았다. 서연을 잘 알고 있다… 라. 적어도 이 메
시지는 서연이 보낸 게 아닌 것 같았다. 그렇다면 누굴까?

"뭐?"

재시험이 치러졌고 일찍 결과가 나왔다. 하지만 결과는 뜻밖이었다.

"한서연이 1등이라는 게 말이 돼?"

야밤에 나를 만난 뒤로 다시 학교를 빠지고 집에만 있던 서연은 엄마와 함께 시험 당일이 되어서야 학교에 나타났다. 나는 서연이 시험을 본다는 것만으로도 독하다고 생각했다. 하지만 우진은 서연이 1등을 탈환했다는 소식을 전했다.

"나도 말이 안 된다고 생각해. 아무리 예전에 서연이 1등을 밥 먹듯이 했다고 해도 이번에 시험 보는 부분은 새로 공부하기 쉽지 않았을 텐데 말이야."

우진은 시험을 보러 온 서연의 얼굴이 아주 파리했고 살이 많이 빠져 보였다고 덧붙였다. 이나는 무척이나 심각한 얼굴이었다.

"족집게 개인 과외라도 받은 건가? 아니, 아무리 고액 과외를 받았다고 해도 시험 범위가 많은데 짧은 기간에 그걸 다 짚어 봤다는 게 말이 안 돼."

우리는 혼란스러웠다. 서연의 엄마가 믿는 구석이 있으니 재시험을 주장했으리라 여기긴 했지만 이런 결과가 일어날 줄은 몰랐다. 어쩐지 힘이 빠졌다. 결국 서연이 원하던 대로 되어 버렸다.

문득 알 수 없는 메시지를 보낸 상대가 떠올랐다. 서연이 1등을 할 거라고 한 말. 대수롭지 않게 장난치는 말이라 여겼지만 결과적으로 그 말대로 되어 버렸다.

나는 이나와 우진에게 휴대폰으로 온 괴상한 메시지 이야기를 할 수밖에 없었다. 더는 장난 문자라고 간과할 수가 없었다.

"말도 안 돼. 귀신에게 휴대폰 메시지를 보내다니."

우진은 어쩐지 화가 난 것처럼 보였다.

"난 처음에 우진이 네가 보낸 줄 알았어. 이나는 아니니까⋯."

"그러니까! 나도 아직 너한테 이렇게 메시지를 자주 보낸 적이 없는데 도대체 누구야?"

우진은 다른 사람이 메시지를 보냈다는 게 묘하게 싫은 것 같았다. 이나는 그런 우진을 어이없다는 듯 바라봤다.

"너 가끔 진짜 이상해. 냉혈한 회장 맞니? 지금 그게 중요한 게 아니잖아. 누가, 왜, 어떻게 슬아에게 메시지를 보냈느냐가 중요한 거지."

"작년 우리 반 애들은 비상 연락망을 받은 적이 있으니까 내 번호쯤이야 알아내려면 쉽게 알아낼 거야. 하지만⋯ 살아 있을 때도 나에게 메시지를 보내거나 전화를 건 애는 아무도 없었어."

말하고 나니 씁쓸했다. 아무도 나에게 관심을 기울이지 않았다. 비록 서연의 입김이 어느 정도 작용한 것이라 해도, 허무한 삶이었다는 걸 증명하는 것 같아 슬펐다.

"번호야 그렇다 쳐. 하지만 누가 죽은 사람에게 메시지를 보낼 생각을 하겠어? 그리웠거나 말할 상대가 없어서 답답했다면 모를까."

"답답했다?"

우진이 이나의 말을 받아 중얼거렸다.

"그거야. 서연을 어쩌지는 못하고 답답해 할 사람은 작년 우리 반에서 한 사람밖에 없잖아. 어디 말할 수는 없으니 죽은 슬아 휴대폰으로 메시지를 보낸 거라고."

"그러면… 아린이라는 거야? 하지만 난 이게 아린이 말투 같지가 않은걸. 어쩐지 그런 느낌이 안 들어."

이나는 고개를 저었다. 잠시였지만 이나에게 힌트를 주려고 했던 아린이었다. 하지만 결국, 옥상에서 떨어지는 사고를 당하고 도로 입을 다물었지만.

"신아린 말고 다른 두 명… 한서연과 친한 그 애들… 이름이 뭐였지?"

우진이 그새 그 애들을 잊은 듯 어깨를 으쓱하며 말했다. 역시 냉혈한이라는 이나의 표현이 딱 맞았다. 작년엔 회장으로서 그 애들 이름과 번호까지 다 알았지만 이제는 이름조차 기억 못 하는 것이다.

"규림과 도희. 성은 모르겠지만, 나도 아는 걸 넌…."

이나가 눈을 가늘게 뜨고 우진을 노려봤다. 규림과 도희는 서연의 수하가 되어 나를 억박지르던 애들이었다. 그날의 그 기억이 다시 떠오르니 몸이 덜덜 떨렸다. 이제 괜찮은 줄 알았는데, 아니었다.

"그 애들, 한서연이 이상해진 뒤로 서연 주변에 얼씬도 안 해. 어차피 다른 반으로 갈라지기도 했고, 이제 한서연과 어울릴 필요가 없나 봐. 아예 작정하고 치워 버릴 셈인지도 몰라."

이나 말이 무슨 말인지 단번에 알았다. 냉정한 생태계의 사바나 초원 같은 세상. 아이들은 이빨 빠진 사자를 금세 알아보고 대장 자리에서 끌어내리려 하는 것이다. 서연은 이미 이성을 잃었고, 성적도 예전 같지 않으니 그들이 대장으로 모실 리가 없었다. 사자를 무리에서 내쫓는 방법으로 약점을 잡는 걸 택했다면? 일명 '김슬아 사건'만큼 서연을 짓누르기 좋은 건도 없었다. 그 애들은 중요한 증인이었고 직접 나설 생각이 없더라도 우리를 이용해 서연을 몰락시키고 싶은 것인지도 몰랐다.

"충분히 가능성 있는 이야기야. 무슨 대화를 하건 곧바로 우리에게 전달해 줘."

우진 역시 모두가 경쟁자인 작은 사회에 대해 잘 알고 있었다. 넘어진 이를 일으키기는커녕 밟고 지나가는 것이 우리 학교 아이들이었다.

"내가 가서 보고 올게. 이빨 빠진 사자가 어떻게 다시 이빨을 심었는지."

나는 당장 서연의 집으로 날아갔다. 재미없고 고즈넉하던 서연의 집이 들떠 있는 것처럼 보였다. 다른 때와 달리 드나드는 사람들도 있었고 대문에 붙어 있던 부적도 사라지고 없었다.

누군가 대문으로 나오는 사이, 안으로 들어섰다. 마당에는 파티 테이블이 준비되고 있었다. 한쪽에는 요리사가 야외 그릴에 바비큐를 할 준비를 하고 있었다.

"세상에… 축하 파티라도 하는 거야?"

안 봐도 뻔했다. 대문에 붙어 있던 부적도 파티에 올 다른 손님들이 볼까 봐 떼어 낸 것이다. 물론 그런 가짜 부적 따위 나에게는 소용이 없었지만.

사람들이 분주하게 파티를 준비하고 서연의 엄마가 그 가운데에서 감시 아닌 감시와 지휘를 하고 있었다. 조금 일찍 온 손님들도 있었다. 바로 규림과 도희. 그 애들이 나를 볼 수 있는 것도 아닌데, 나는 잠시 얼어붙었다.

"너희 중 누구야? 누가 나에게 메시지를 보낸 거야?"

물론 그 애들은 내 목소리를 들을 수 없으니 대답하지 않았다. 나는 규림의 얼굴을 바라봤다. 그리고 도희도 바라봤다. 이 아이들의 말투가 어땠는지 기억이 안 났다. 메시지의 말투를 짐작해 보려

해도 비교 자체를 할 수 없는 것이다. 그날의 기억. 눈을 치켜뜨고 윽박지르던 기억만이 나를 지배하고 있었다.

지금도 이 애들은 비열하고 비겁했다. 서연을 버렸던 것이 분명한데, 서연이 다시 전교 1등을 차지하자 축하 파티에 왔다. 그것도 신경 쓴 듯한 옷차림으로 예정 시간보다 일찍.

"서연이는 도대체 어디 있는 거야?"

"그러게. 일부러 학원도 빠지고 왔는데. 우리가 온 걸 봐야 온 의미가 있잖아."

규림과 도희가 속닥거렸다.

그러고 보니 주인공인 서연이 보이지 않았다. 2층 자기 방에서 또 이불을 뒤집어쓰고 있을 것 같았다. 저번에 보았던 파리한 얼굴이 떠올랐다. 그런데, 저렇게 아픈 애가 시험에서 1등을 했다고?

마당을 둘러보던 서연 엄마가 집 안으로 들어갔다. 덕분에 나도 들어갈 수 있었다. 서연 엄마는 2층으로 올라갔다. 굳게 닫힌 문을 노크하며 간드러진 목소리로 서연을 불렀다.

"서연아, 우리 예쁜 서연이, 공부하니?"

서연 엄마가 연 문틈으로 들여다보니 서연은 이불을 뒤집어쓰고 자기 침대에 누워 있었다.

"손님들 곧 올 거야. 네 친구들은 이미 왔는데, 호호호. 어휴, 뭘 이런 날까지 공부를 하고 있니?"

서연 엄마는 능숙하게 거짓말을 했다. 너무 자연스러워서 온몸에 소름이 돋았다.

"…몰라! 도대체 왜 파티를 연 거야?"

자는 줄 알았던 서연이 갑자기 벌떡 일어나며 소리쳤다. 나는 얼른 서연의 눈을 피해 벽 뒤로 숨었다. 서연의 엄마가 목소리를 낮췄다.

"조용히 해, 미쳤어? 내 체면에 조금이라도 금 가는 일 하지 마. 일하는 사람들이 들으면 어쩌려고 그래? 사람은 항상 입을 조심해야 해. 언제 어디서 누가 엿들을지 모르니까!"

나야말로 복도에서 엿듣고 있었지만 서연의 엄마는 알 리 없었다. 서연 쪽에서도 내가 있는 자리는 보이지 않는 각도였다.

"그러니까 왜 이런 파티를 연 거냐고! 나 아프다고 세상에 떠벌릴 거야?"

"안 아픈 척해. 그리고 네가 어디가 아파? 너 멀쩡해. 헛것 좀 본 거? 그거 다 무당 계집애가 수작 부린 거야. 넌 전교 1등 한 자랑스러운 수재라고."

"…엄마가 돈 주고 산 1등이잖아."

작은 목소리로 말했지만, 분명히 들었다. 돈 주고 산 1등.

"쉿! 너 어디서 그딴 소리 지껄여? 네 앞길 네가 막을 거야?"

"일을 크게 만든 건 엄마야. 시험지 사서 1등 했으면 조용히 있으면 되잖아. 그런데 왜 사람들을 불러?"

"매년 1등 할 때마다 파티를 한 걸 갑자기 어떻게 안 하니? 그러면 사람들이 이상하게 생각하지 않겠어? 재시험 보게 한 것도 사람들이 의심할 텐데. 안 그래도 내가 일부러 너 낳아 들이밀어서 전 부인 이혼시키고 자리 차지했다고 다들 수군거리잖아? 질투하고 시기하면서 못 잡아먹어 안달 난 거지 같은 인간들 천지야. 이럴수록 더 당당하게 보여야 해. 자, 이거 구하기도 힘든 한정판 명품 드레스란다. 이걸 입고 나와서 모두에게 말해. 와 주셔서 감사합니다. 우아하고 고급스럽게."

서연이 고개를 끄덕이며 드레스를 받자 그제야 서연 엄마는 방을 나왔다.

하나부터 열까지 진실이라고는 없는 거짓된 겉모습. 돈 주고 산 1등. 시험지를 사다니!

얼마 전에 본 서연은 분명히 잠을 이루지도 못하고 공부에도 집중하지 못했다. 시험지를 미리 받아서 달달 외우는 것 말고는 서연이 1등 할 수 있는 방법은 없어 보였다.

"인간 같지가 않아!"

당장 방으로 들어가 서연을 꾸짖고 싶었다. 아무리 서연의 엄마가 기획한 일이라고 해도 서연이 동조한 일이었다. 인성이 바닥인 건 알았지만 이런 치사한 방식으로까지 성적을 유지하려고 들 줄은 몰랐다. 서연이 숨겨진 자식이었고, 뒤늦게 아빠를 만났다는 평범하지 않은 가정사는 안됐다고 생각했다. 하지만 자신들의 자격지심을 다른 사람을 짓밟는 방법으로 들키지 않으려는 발악은 구역질이 났다. 정상적인 사람이라면 이런 식으로 성공하려고 하지 않을 것이다.

때마침, 휴대폰 메시지가 왔다.

알 수 없는 발신자

> 한서연을 잡으려면 다른 여론을 움직여.

정석으로 하다가는 그냥 빠져나갈 거야.

메시지를 보자마자 곽도훈 사건이 떠올랐다. 고양이는 물론이고 이나가 분명히 피해자로 존재하는데 곽도훈의 부모는 권력을 이용해서 빠져나갔다. 서연의 집안은 더 만만치 않은 술수를 쓸 것이다. 서연 엄마는 자신을 가로막는 자들의 머리를 어떻게 해서든 밟고 앞으로 나아가려는 무서운 사람이었다.

슬아

왜 우리를 돕는 거지? 도와주려는 거 맞지?

알 수 없는 발신자

> 네가 정말 김슬아라는 걸 알았으니까.

그리고 내가 미안한 게 있으니까.

116

날 알아? 어떻게?

그리고 뭐가 미안한데?

너 혹시 아린이니?

　답장이 오지 않았다. 정말 신아린일까? 하지만 아린이라면 내가 귀신으로 떠돌고 있다는 걸 알 리 없었다.

　문득 서연이 나를 보게 된 그날 밤이 떠올랐다. 만약 그날, 그 장소에 또 다른 사람이 있었다면? 고양이들의 털을 들고 서연 앞에 나타났던 순간을 같이 목격했다면, 그 사람도 내 존재에 대해 알게 되지 않았을까?

11. 몰락

_ 우진

슬아의 계획은 그럴듯했다. 이건 기회였다. 나비 효과 같은 기회. 슬아가 모습을 드러내어 서연이 시험을 제대로 준비 못 했다. 그래서 재시험과 비리를 저지르며 지금에 이르게 된 것이다.

이번 일은 슬아를 괴롭혀 죽음에 이르게 한 사건을 밝히기 전에 이슈화시키면 좋을 만한 적당하고 화제성 있는 사건이었다. 몇 년 전 한 고등학교의 시험지 유출 사건이 세상을 떠들썩하게 만든 적이 있었다. 이번 일이 그때처럼 이슈가 되지 않으리란 법은 없었다. 서연이 어떤 아이인가를 알려 사람들의 인식을 바꾸고 나면 슬아 사건도 자연스레 이해시킬 수 있을 것이다.

이미 우리는 학교를 믿지 않고 있다. 경찰도 소용없을 수 있다는 것도 알았다. 하지만 공론화가 된다면 그들도 어쩔 수 없을 거다.

시대가 달라졌다. 이제 정보를 실시간으로 주고받으며 여론에 기댈 수 있는 시대가 왔다.

이슈를 만들 때는 게시판을 적극 활용하는 게 좋았다. 게시판에서 어느 정도 호응을 얻고 화제를 일으키면 글이 퍼져 나가는 건 순식간이었다. 그러려면 다른 사람들이 믿을 수 있게 만드는 글을 써야 했다. 긴 글을 끝까지 읽게 만드는 노하우도 필요했다. 나는 한참을 고민한 끝에 한 커뮤니티 게시판에 익명으로 글을 올리고 같은 글을 〈한실일보〉의 경쟁 신문사에 보냈다.

제목: Y 학교에서 일어난 시험지 유출 사건

영재들이 모이는 곳으로 유명한 Y 학교에서 부정행위가 의심된다는 소문 들으셨나요? 몇 년 전 있었던 시험지 유출 사건과 흡사한 일이 벌어진 것 같습니다.

시작은 재시험이었습니다. 왜 재시험을 봤냐고요? 시험 성적이 곤두박질친 한 아이의 부모가 제기한 문제 때문이었지요. 시험 출제 위원의 자녀가 같은 학교에 다닌 적이 있다는 이유였는데, 사실 이 자녀와는 전혀 상관이 없었습니다. 정확히 말하자면, 시험 출제 위원이었던 어머니의 임용 직전 자녀는 다른 학교로 전학을 갔거든요. 하지만 재시험을 요구한 학부모는 그 자녀의 친구들을 지목하며 형평성에 어긋

난다고, 부정행위가 일어날 수도 있는 일을 학교가 처음부터 묵과했다며 항의했습니다.

재시험까지는 그럴 수 있다고 칩시다. 하지만 이 재시험에서 A양이 1등을 하면서 문제가 불거졌어요. A양은 다름 아닌 재시험을 요구한 학부모의 딸이었거든요. 자, 여기서 퀴즈를 내겠습니다. A양은 단기간에 어떻게 다시 1등이 될 수 있었을까요?

.

.

.

답은 제목에 있습니다. 바로 시험지를 유출한 겁니다.

A양의 어머니는 과거 유명 배우이자 현재 모 기부 재단의 이사장입니다. A양의 아버지는 H일보 사주이고요. 시험지를 돈으로 사고, 그것으로 1등을 만든다? 아주 더러운 드라마 같은 이야기입니다. 하지만 실제로 일어났네요.

A양이 공부를 열심히 해서 1위 탈환을 한 게 아닐까 하는 사람도 있을 겁니다. 하지만 처음부터 성적이 곤두박질친 이유를 들으면 단기간에 성적을 다시 회복했다는 것이 이상할 겁니다. A양은 정신적인 문제로 학교에 결석한 적이 있는데, 세상에, 귀신을 본다고 하네요! 재시험을 준비하던 와중에도 귀신을 봐서 혼비백산했다고 합니다. 귀신이 보인다고 헛소리를 하는 A양이 과연 단기간에 성적을 끌어올릴 수 있었

을까요? 시험지를 돈으로 산 게 아니고서야… 불가능한 일이지요.

여기서 또 이 귀신이 문제인데요. 이 귀신이 바로 A양의 학교 폭력으로 인해 일어난 살인 사건과 연관이 있습니다.

A양의 다른 범죄는 다음 글에 이어서 쓰겠습니다.

끝으로, 이 글은 한 치의 거짓도 없는 진실입니다.

"이걸 네가 썼다고? 재미있게 잘 썼다."

이나의 감상평이었다. 고작 재미있게 썼다는 평이라니, 조금 실망스러웠다. 내 기분을 눈치챘는지 이나가 덧붙였다.

"글솜씨가 있네. 꼭 르포 같기도 하고, 텔레비전 프로그램 진행 같기도 하고."

"일부러 그렇게 쓴 거야."

나는 약간 발끈했다. 이나가 재미있다고 하는 게 좋은 의미로 들리지 않아서였다. 하지만 자극적인 것을 좋아하는 요즘 애들 사이에서 흥미를 유발하기 위해 밤새 생각한 글이었다.

"두고 봐. 댓글이 엄청 달릴 거니까."

"삐쳤어? 후훗. 다른 게시판에 올리는 건 내 아이디로 해 줄게."

이나가 귀엽다는 듯이 바라봤다. 이나 얼굴을 보고 있노라니 순간 불안해졌다. 이나가 무슨 일을 당한다면 참을 수 없을 것 같았다. 곽도훈이 이나에게 독극물을 먹였을 때가 생각났다. 그때 느꼈던 죄책감과 좌절감은 이루 말할 수 없었다.

"안 돼. 넌 그냥 가만히 있어. 지금도 한서연 엄마가 네가 주술을 썼느니 뭐니 난리잖아."

"그래도 이 글이 퍼지게 만들려면…."

"내가 혼자 알아서 할게. 가짜 아이디도 수십 개 만들 수 있으니까."

"그래?"

이나가 또래 아이들처럼 SNS를 하거나 인터넷 커뮤니티 활동을 안 해서 다행이었다. 인터넷에 대해 잘 모르는 이나는 순순히 물러났다. 아마 처음부터 자신이 없었던 것 같았다. 이나에게 조금이라도 피해를 주고 싶지 않았다. 만약 이번에 또 이나에게 무슨 일이 생긴다면…. 상상하기도 싫었다.

슬아는 곁에 있으면서도 내내 아무 말도 안 했다. 분명 이나와 같이 글을 읽었는데도 말이다. 이나도 굳이 묻지 않았고, 나도 차마 어떠냐고 물을 수가 없었다. 몰래 슬아 눈치를 살피는 게 다였다.

아마 여러 가지 복잡한 생각이 들었을 것이다. 그래서 아무 말도 못 하는 거라고 생각했다. 아니면 말을 할 필요가 없거나. 암묵적 동의 같은 느낌이었다. 내가 힐끗힐끗 보는 걸 눈치챘는지 슬아는 그대로 밖으로 나가 버렸다.

"슬아야, 어디 가?"

그제야 이나가 슬아를 부르며 따라 나갔다.

그사이 벌써 댓글이 여러 개 달리기 시작했다. 나는 다른 커뮤니티에도 글을 복사하여 올렸다. 우리 학교 이니셜만 보고 벌써 어느 학교인지 아는 애들도 있었다.

"두고 봐. 모두에게 알려서 이번에는 절대 도망 못 가게 만들어 줄 테니까."

확실한 피해자가 있음에도 권력을 이용해 빠져나가는 일은 다시 일어나게 만들지 않을 것이다. 우리가 평범하고 힘없는 집안의 아이들이라고 무시하는 어른들에게 본때를 보여 줄 것이다.

내가 쓴 시험지 유출 사건 글은 빠르게 퍼져 나갔다. 이제는 내가 굳이 퍼 나르지 않아도 될 정도였다. 누군가 국민 청원 게시판에 옮겨 올리기도 했다. 청원에 동의하는 사람 수가 기하급수적으로 늘어났다. 제보를 했던 신문사에서도 연락이 와 기사로 보도되면서 급물살을 탔다. 급기야 지상파 뉴스에서도 다뤄지게 되었다. 이렇게 되니, 굳이 우리가 애쓰지 않아도 수사가 들어가게 되었다. 세상이 또 한 번 시험지 유출 사건으로 떠들썩해졌다.

서연의 부모가 유명 인사라는 것이 이슈의 한 부분이 되었다. 그들이 악용했던 권력이 오히려 독이 되어 돌아간 것이다.

"이제 우리가 학폭위를 연다고 하면 학교에서도 어쩔 수 없을 거야."

"그럼 그거 가져올까?"

이나가 의미심장하게 말했다. 그리고 할머니 방에 숨겨 두었던 진짜 SD 카드를 꺼내 왔다. 화분 밑에 두어 도둑맞은 건 복사본이었다. 이나와 슬아와의 상의 끝에 그렇게 해 두었다. SD 카드를 노리는 도둑은 그걸 찾을 때까지 우리 집을 뒤지며 집착할 터였다. 그럴 바에는 원하는 걸 빨리 내어 주는 게 나았다. 단, 원본이 아닌 복사본으로. 나는 복사한 SD 카드를 원본을 보관하던 원래 장소에 바꿔치기해 두었다. 아마 그들은 복사본을 찾고 나서 안심했을 것이다. 우리를 무시한 만큼 우리에게 유리한 작전이 되었다.

"한서연이 시험지 유출 건으로 퇴학당하기 전에 빨리 진행하자."

내가 농담으로 한 말이었지만 아무도 웃지 않았다. 오히려 공기가 어색해졌다.

그때, 초인종이 울렸다.

"누구지? 올 사람이 없는데."

"택배인가 봐."

슬아가 먼저 밖으로 나갔다. 하지만 금세 돌아왔다. 아주 이상한 표정으로.

"왜 그래?"

"…손님이 왔어."

"손님?"

이나가 문을 열었다. 집 안으로 낯익은 사람 한 명이 들어왔다.

"신아린?"

나는 깜짝 놀라 소파에서 벌떡 일어섰다. 분명히 옥상에서 떨어지는 사고를 당하고 전학 간 그 애, 신아린이었다.

_슬아

"이게 증거 파일이란 말이지?"

학교 폭력 위원회 담당 교사인 교감 선생님이 씁쓸하게 말했다. 그리고 잠시 누군가와 통화를 한다며 자리를 비웠다.

돌아온 교감 선생님은 그것을 다른 위원들 앞에서 틀며 중얼거렸다.

"시간 낭비인걸. 쯧쯧."

녹음 파일 속 잔혹한 대사들이 이어지기 시작했다. 보이지는 않지만, 분명히 이루어지고 있는 폭력적인 행동들.

"야!"

127

"저기 있다!"

아이들이 외치는 대목에서 누군가 움찔했다. 그 외침은 숨을 헐떡이는 소리와 맞물려 마치 사냥터를 연상시켰다. 약한 사냥감을 사지로 모는 사냥꾼들. 그들이 들고 있는 건 총은 아니었지만 총 못지않은 폭력이었다. 인간이 인간에게 행하는 잔인한 폭력. 물리적인 폭력을 넘어선 정신적인 압박이 영상의 소리 속에 고스란히 담겨 있었다.

소리가 다 끝나자 모두 아무 말도 하지 않았다. 화면이 나온 건 아니지만, 이 안에 있는 모든 사람들이 선명히 보았을 것이다. 그날의 내가 느낀 공포와 압박을.

"흠, 하지만…."

헛기침과 함께 교감 선생님이 말을 꺼냈다.

"이런 녹음만으로는 증거가 되지 못합니다."

좌중이 술렁였다.

"제가 보기에는 확실해 보이는데요?"

누군가 말했다. 하지만 교감 선생님은 고개를 가로저었다.

"조작의 가능성이 있고, 누구의 음성인지도 정확하지가 않아요. 이 또래 아이들이 다 목소리가 비슷비슷해서…."

"그런가요?"

위원들이 동요하기 시작했다. 역시 다들 우유부단했다. 부조리한 어른에는 두 가지 류가 있다. 이기적이거나, 우유부단하거나.

우진은 이 자리에 들어올 수 없었지만 이미 이 상황을 예견하고 있었다. 그래서 두 번째 계획은 가지고 있어야 한다고 말했다. 나는 우진이 일러 준 대로 회의실 문으로 다가가 손끝에 집중했다.

문을 열자.

밖에 있는 손님을 안으로 들여보내자.

문을 열어야 한다.

나는 주문처럼 되뇌었다. 그리고 마침내 손끝에 문이 닿았다.

손님이 가져온 선물로 길을 열어 주리라.

덜컹.

문이 열렸다. 아무도 없는데 갑자기 문이 열리자 사람들이 놀라 문쪽을 바라봤다. 시선 집중. 우진의 노림수가 적중했다. 극적인 효과를 주자는 생각이었다. 그리고 모두가 보게 해서 서연 측이 보낸 사람에게 저지당하지 않기 위해서였다. 조금 뒤, 열린 문으로 아린이 들어섰다.

"누구야? 여기 이렇게 들어오면 안 돼."

"저는… 작년에 이 학교를 다니다가 전학 간 신아린이라고 합니다. 김슬아 사건에 대해 할 말이 있습니다."

아린은 또박또박 말했지만 교감 선생님은 일어서서 손을 내저었다.

"나중에. 나중에 해라. 여기는 너 같은 어린애가 낄 자리가 아니야. 게다가 이제 우리 학교 학생도 아니잖니."

"제가! 거기 있었어요! 저 목소리 중 하나가 바로 저라고요!"

사람들이 놀라 아린을 바라봤다. 교감 선생님도 잠시 당황했지만 곧 다시 인상을 썼다.

"그래서 뭐가 어쨌다는 거야? 네 목소리가 나온다고 해서 저게 진실이라고는 할 수 없어! 괜히 모범생 한서연에게 누명 씌우려는 게냐?"

"아뇨. 저건 진실이에요. 그리고 제가 전학 가기 직전 옥상에서 떨어져 다친 것도 다 한서연 때문이에요!"

사람들의 술렁임이 커졌다. 서연의 또 다른 범죄가 그날 일에 신빙성을 더해 주고 있었다.

"어디 한번 들어 봅시다."

"맞아요. 저 애는 증인이에요."

위원들이 아린의 편을 들자, 교감 선생님도 더는 말릴 수 없었다. 교감 선생님은 깊은 한숨을 쉬더니 더 관여하기 싫다는 듯 의자를 돌려 앉아 창밖만 내다봤다.

뉴스에서 서연에 대한 사건을 본 아린이 큰 결심을 하게 된 것은 늘 가지고 있던 죄책감 때문이었다. 그날 그 장소에 있었으면서도 내 죽음을 막지 못한 것, 그 이전에 왕따 가해를 묵인하며 동참했던 것, 끝까지 이나에게 진실을 말하지 못했던 것까지. 아린은 서연을 절대로 무너뜨릴 수 없다고 생각해서 두려워하기만 했었다.

할머니가 말한 봄에 올 손님이 바로 아린이었다. 하지만 아린을 이곳으로 보낸 사람은 따로 있었다. 나에게 메시지를 보낸 알 수 없는 상대였다. 그 애는 아린에게도 메시지를 보냈다. 아린이 옥상에서 떨어진 게 사고가 아니라 계획된 범죄라는 증거를 가지고 있다면서. 아린이 용기를 내는 데 큰 몫을 한 것이다.

아린은 차분히 회의실 의자에 앉아 그날의 일들을 차근차근 말하기 시작했다.

한서연의 죄가 인정되었다. 나, 김슬아를 죽음으로 몰고 간 죄. 그날의 진실을 밝히려던 아린을 같은 방법으로 위협하여 옥상에서 떨어지게 한 죄.

시험지 유출 사건에 대한 조사는 이미 흐지부지되고 있었다. 미리 입을 맞춘 서연과 부모는 자신들은 전혀 몰랐고 서연의 공부를 맡긴 교육 업체의 지나친 과욕이었다고 뻔뻔하게 거짓말을 했다. 유출된 문제인지도 모르고 그들이 건넨 예상 문제를 풀었을 뿐이라고 한 것이다. 아무래도 윗선의 누군가가 도와주었고, 〈한실일보〉도 이를 두둔하는 기사를 쏟아 냈다. 그렇게 위기를 모면하나 싶었을 것이다. 하지만 그들은 틀렸다. 이전의 죄가 발목을 잡았다.

학교 폭력으로 인한 퇴학. 그리고 이어진 검찰의 재조사. 경쟁 신문사들은 우리 편에 서서 기사를 쓰기 시작했다.

그럼에도 또 서연과 부모는 어떻게 해서든 빠져나갈지도 모른다. 그들은 사회 꼭대기에 있었고 다른 사람을 이용하거나 짓밟기에 익숙했다. 다만 그들은 하나를 간과했다. 서연은 예전으로 되돌아갈 수 없었다. 이미 바닥으로 떨어진 평판. 그리고 미쳐 가는 외동딸. 이미 서연은 자신의 죄가 드러났다는 사실만으로도 정상적인 생활을 할 수가 없었다.

나는 서연을 찾아갔다. 모든 게 끝나 가는 이 시점에 서연이 무슨 말을 하는지 꼭 듣고 싶었다.

"한서연."

"누, 누구?"

고개를 든 서연은 나를 보자마자 얼굴이 하얗게 질렸다.

"으악, 저리 가! 가라고!"

서연은 자기 방에 들어가 문을 쾅 닫았다. 방문 앞에 부적이 붙어 있었다.

"이깟 종이 쪼가리."

시시껄렁한 부적 따위가 내 복수를 막을 수는 없었다. 나는 가볍게 방문을 열었다. 방 안에서 서연이 기겁하며 창문 쪽으로 달라붙었다.

"왜? 뛰어내리기라도 하게?"

나는 이죽거렸다. 서연이 갑자기 돌변하더니 눈을 치켜떴다. 그리고 나에게 물건을 집어 던지기 시작했다.

"아악! 악!"

아무리 악을 쓰며 던져도 나를 맞출 수는 없었다. 그 애의 필통, 책, 휴지통 등의 물건이 나를 관통하여 그대로 서연의 침대 위로 떨어졌다. 귀신이 되어 이것 하나는 좋았다. 인간이 겁나지 않는다는 것. 전에는 인간이 너무 무서웠는데 이제는 치가 떨릴 뿐 두렵지는 않았다.

"다 너 때문이야! 너 때문이라고!"

서연이 목 놓아 울었다. 허무했다. 내 탓을 하다니. 아직도 자기 잘못을 전혀 뉘우치지 않은 아이. 불쌍하다고 해야 하나, 아니면 지독하다고 해야 하나?

"정말 나 때문이라고 생각해?"

내가 다가가자 겁을 집어먹은 서연이 침대로 올라가 벽에 바싹 붙었다. 겁쟁이였다. 정말 나약했다. 비겁하기까지 했다. 그런데 그때의 나는 왜 그토록 이 애가 두려웠던 걸까? 다른 애들을 조종

하며 지휘하는 권력은 알고 보니 하찮고 보잘것없었다. 지금 서연의 옆에는 규림과 도희가 없었다. 서연이 무너지기 시작하자 그 애들은 떠났다. 웃긴 우정이었다. 우정이라고 할 수도 없는 유리알 같은 관계였다. 서연이 우정을 주지 않았기에 그들도 주지 않았을 것이다.

"처음부터 일을 이렇게 만든 건…."

나는 서연 쪽으로 한 발 다가갔다.

"하나부터 열까지…."

서연의 얼굴이 새하얗게 질렸다. 눈은 충혈되어 있었고 눈 밑의 다크 서클이 짙었다. 그 애는 나보다 더 귀신처럼 보였다. 목숨은 붙어서 살아 움직이고 있으니 좀비라고 하는 게 더 맞는 표현일 것이다.

"너야. 모든 일의 시발점은 너라고."

내 말에 서연이 얼굴을 찌푸렸다. 허공에서 뭔가 답을 찾으려는 듯 눈동자를 바삐 움직이기 시작했다. 하지만 이내 나를 보더니 두 팔로 엑스 자를 만들어 자기 얼굴을 가렸다.

"오, 오지 마!"

나는 일부러 그 애 얼굴 앞에 바짝 다가섰다. 서연의 심장 소리가 들렸다.

쿵. 쾅. 쿵. 쾅.

"좋겠다. 어쨌든 넌 살아 있잖아?"

그 애의 코밑에 손가락을 갖다 댔다. 거친 숨결이 느껴졌다. 서연은 몸을 덜덜 떨고 있었다.

"미안해! 정말! 정말 미안해!"

갑자기 서연이 주저앉으며 오열했다. 무릎을 꿇고 두 손을 모아 빌기 시작했다.

"잘못했어! 용서해 줘! 그러니까 제발 살려 줘! 죽고 싶지 않아!"

내가 자신을 죽이기라도 할 줄 알았나 보다. 갑자기 처연해졌다. 나도, 서연도. 서연은 죽고 싶지 않다는 말을 반복하며 울어 댔다. 죽고 싶지 않다니. 나도 죽고 싶지 않았는데. 그런데 죽어 버렸다.

왜? 너 때문에. 그날 네가 날 위협하지만 않았다면, 아니, 거기로 날 불러내지만 않았다면, 처음부터 나를 따돌리고 괴롭히지 않았다면. 너도, 나도 지금 이렇게 만나지 않아도 되었을 텐데.

하지만 시간은 되돌릴 수 없다. 그래서 나도 서연을 용서할 수 없다.

"난 널 용서하지 않을 거야. 영원히."

"그러지 마. 그러지 마. 제발!"

서연은 짐승같이 울었다. 나에게 미안해서라기보다는 자신이 불쌍해서 우는 것 같았다. 아직도 자신이 무슨 잘못을 했는지 모르는 모양이었다.

"이게 끝이 아닐 거야. 네 마음이 편해지려고 하면 다시 와서 내 얼굴을 보여 줄게. 네 악몽이 이어지도록. 자려고 눈을 감으면 내 얼굴이 떠오르길 바란다."

서연이 울음을 뚝 그쳤다. 눈을 동그랗게 뜨고 깜빡이지도 않고 나를 봤다. 평생 자신이 겪어야 할 형벌이 무엇인지 새삼 실감한 것이다.

그 얼굴을 보니 내 마음이 편해졌다. 이쯤에서 그만둘 수 있겠다는 생각이 들었다. 어차피 내가 뭘 하지 않아도 서연은 스스로를 갉아먹으며 미쳐 갈 것이다. 과거와 현재가 그 애를 가만히 두지 않을 것이다. 문득 어제의 일이 떠올랐다.

슬아

> 너는 왜 서연을 배신했지?

> 독극물 사건 때도 서연을 끝까지 지키려고 그 이름을 말 안 했잖아.

나는 어제 이렇게 메시지를 보냈다. 그 애는 조금 뒤 답장을 보내 왔다.

알 수 없는 발신자

> 너를 보고 난 믿을 수가 없었어. 분명히 죽었는데.

> 어떻게 다시 나타났는지 알아내려고 너희를 줄곧 지켜봤지.

> 이 휴대폰이 존재한다는 것도 장이나가 메시지를 보내는 걸 보고 알았고.

> **나를 봤다고?**
>
> **아, 그럼 그때 서연이 옆에서 날 봤구나.**
>
> **그래서 메시지를 보낼 수 있었나 봐.**

> 너희는… 정말 서로를 진심으로 대하더라. 하지만 서연이에게…
>
> 난 감정 쓰레기통에다 심부름꾼이었을 뿐이라는 걸 깨달았지.
>
> 한 번도 날 진심으로 생각한 적이 없었어.
>
> 다 가짜였지. 그걸 알면서도 계속 잡고 싶었던 나도 가짜였고. 미안했다.

한 번도 온 적 없는 긴 메시지였다. 그리고 그걸로 끝이었다. 내가 아무리 메시지를 보내도 곽도훈은 내 메시지를 읽지 않았다. 내 번호를 삭제하고 차단한 것 같았다.

서연에게 모습을 드러낸 날 밤, 도훈은 나를 보았고 그 뒤로 우리를 줄곧 관찰하고 있었던 모양이다. 이나가 나에게 휴대폰으로 연락하는 것을 보고 자신도 메시지를 보내기 시작한 것이다.

"한서연, 너는 정말 널 생각해 준 사람도 잃었어. 불쌍하다, 정말."

서연은 그게 누구인지 바로 떠오르지 않는 듯 멍한 눈을 하고 있었다. 정말 불쌍했다. 자신을 진정으로 좋아했던 단 한 사람을 알아채지 못하다니.

나에게도 그런 사람이 있었다. 이나. 조금이라도 빨리 이나에게 가고 싶었다. 나는 창문을 통해 그 집에서 곧바로 나왔다.

"아악!"

멀리서도 비명이 들렸다. 서연이 자신의 머리를 잡아 뜯으며 내지르는 소리였다. 아무래도 뒤늦게 곽도훈이 떠오른 모양이었다. 지금은 내가 야속할 것이다. 하지만 나는 마지막 기회를 준 것이다. 곽도훈에게 연락해서 마음을 되돌릴지, 아니면 곽도훈을 더 화나게 할지는 서연의 몫이었다.

13. 엔딩

_ 슬아

다행히 이나는 집에 있었다. 나를 기다리며 우진과 텔레비전을 보고 있었다고 했다. 나는 얼른 이나 곁으로 다가갔다.

"널 못 보고 갈까 봐 겁났어."

"간다고?"

이나가 놀랐다.

"끝났으니까."

복수는 끝났다. 그렇다면 나는 사라질 것이다. 이나도 내가 귀신이 되어 구천을 떠돌게 된 데에는 이유가 있다고 했다. 바로 서연에 대한 복수, 한을 푸는 것. 그것 말고는 다른 이유가 떠오르지 않았다.

"사실 어제 엄마 아빠도 보고 왔어. 종종 보러 갔지만 어제는 특별히 오래 지켜봤어. 엄마와 아빠는 아직도 날 그리워하셔. 진실을 알게 되어서 더 슬퍼하시는 것도 같아. 하지만 자살이 아니라는 것을 알게 되신 건 다행이야. 내가 엄마와 아빠를 버린 게 아니란 걸 아셨잖아."

"그랬구나. 당연해. 세상에 진실이 밝혀졌으니까."

"그래. 말 그대로 진실이 밝혀졌어. 그래서 끝난 거야."

내 말에 갑자기 이나가 울었다. 정말 끝이라는 걸 느낀 것이다. 우진이 이나의 팔을 잡자 그대로 안겨 눈물을 흘렸다. 우진은 엉겁결에 이나를 안고 어색하게 손바닥으로 등을 토닥거려 줬다.

"내가 없어도 둘이 재미있게 지내. 알았지?"

"…너와 친구가 될 수 있어서 좋았고 행복했어. 네가 없으면 난…."

이나가 고백하듯 말했다. 나도 눈물을 흘릴 수만 있다면 펑펑 울었을 것이다. 눈물이 나오지 않으니 더 슬펐다.

"이우진도 이제 네 친구잖아. 그리고 너에게는 그림이 있어. 꼭 작품을 많이 그려 줘. 나는 이제 없어도 괜찮을 거야."

"슬아야아…."

이나가 또 울었다.

"나도 아쉽다…. 그리고 미안하고…."

우진도 고개를 숙였다.

141

내가 죽지 않았다면 닿지 않았을 인연들이었다. 내 친구들. 이 학교에 입학하고 나서 만난 유일한 친구들. 하지만 이제는 더는 볼 수 없는.

"안녕."

나는 마지막 인사를 했다. 몸이 날듯이 가벼워졌고 곧 사라지리라는 걸 본능적으로 느낄 수 있었다. 이나와 우진은 내가 보이지 않을 때까지 계속 나를 올려다보고 있었다.

괴롭고 힘든 삶이었다. 친구다운 친구도 없었고 외로웠다. 누군가와 함께 힘을 합쳐서 뭔가를 하거나 수다를 떨어 본 적도 없었다. 그런데 죽어 귀신이 되어서 그 모든 걸 다 해 봤다. 웃고, 떠들고, 함께했다. 아이러니한 삶과 죽음이었다.

안녕.

속으로 다시 말했다. 이번 인사는 친구들이 아니라 세상에게 건넸다. 몸이 더 가벼워지더니 손발이 투명해졌다. 위로 붕 떠올랐다.

마지막으로 이나의 집을 둘러봤다. 벽에 걸린 이나의 그림 '기회'가 새삼스럽게 다가왔다. 전에는 그림 속 소녀가 운명을 맞이하자 어쩔 수 없이 기회를 잡은 것이라고 느꼈다. 그래서 측은해 보이기도 했다. 그러나 지금, 그림 속 소녀는 기뻐 보였다. 자신의 의지로 기회를 요구했고 허락을 받아 두 팔을 뻗어 기뻐하는 모습이었다.

'감사합니다.'

소녀는 자신이 해야 할, 새로운 일들에 설레고 있었다.

이윽고 이나의 집을 벗어나 몸이 더 높이 올라갔다. 마음과 몸이 홀가분했다. 드디어 자유. 나는 마음껏 하늘을 날 수 있었고, 가고 싶은 곳으로 갈 수 있었다.

"냐아옹."

갑자기 눈앞에 냐아가 나타났다. 냐아는 아주 거대해 보였다. 그리고 편안해 보였다.

"냐아! 잘 지내고 있었구나."

냐아를 안았다. 아니, 안겼다는 표현이 더 정확할 것이다.

마지막까지 가지고 있던 걱정들이 사라졌다. 엄마와 아빠, 이나와 우진. 내 친구들에 대한 걱정들. 그들과 헤어지는 안타까움.

"맞아. 완전히 헤어지는 게 아니야."

냐아가 나를 감쌌다. 이 고양이는 모든 걸 알았다. 나처럼 비참했다가 절망했다가 복수를 하기도 했다. 누구보다 나를 이해해 줄 수 있는 존재.

"냐아."

울음소리가 나를 위로하는 노래처럼 들렸다. 고마워. 노래 불러 줘서.

그런데.

"응? 뭐라고? 내가?"

냐아는 뜻밖의 말을 했다. 내가 다른 사람을 도울 수 있다고. 그것도 나쁘지 않을 거라고. 그게 도대체 무슨 말일까.

나는 아래를 내려다봤다. 도시의 불빛이 밤하늘 별처럼 아름답게 빛나고 있었다. 냐아의 털의 감촉이 내 손끝에서 점점 선명해져 갔다. 분명 털이 느껴졌다. 보드라웠다. 꼭 살아 있는 것처럼.

가슴 속에 작은 바람이 점점 부풀어 올랐다. 이제 하나도 슬프지 않았다.

어느 날 밤, 뼈가 부탁한 이야기

가위에 처음 눌린 것은 고등학생 때였다. 밤에 하는 뉴스를 보고 잠자리에 누웠는데 가위눌림 현상이 나타났다. 이런 적은 처음이었다. 자기 전에 본 뉴스는 매일 그렇듯 좋은 소식은 아니었다. 어딘가에서 사고가 나고 누군가는 죽었다. 정말 중요한 그 안의 사연 하나하나까지 다 이야기되지는 않았다. 그래서 난 그날도 생각했던 것 같다. 저 사람은 죽을 때 어떤 생각이 들었을까?

가위에 눌리자 누가 몸을 짓눌러 진공 속으로 밀어 넣은 듯 몸을 움직일 수 없었다. 눈앞에는 귀신도 사람도 아닌 하얀 뼈가 보였다. 새하얀 뼈 하나가 침대 내 머리 옆에 누워 있었다, 그걸 보는 순간 무섭다기보다 서글퍼 보인다는 생각이 들었다. 뼈는 그 누군가의 죽음을 상징했다. 그 누구도 죽고 싶지는 않을 것이다. 그 방법이 자살이었다고 해도 말이다. 뼈는 어둠 속에서도 하얗게 빛나며 울고 있었다. 나도 모르게 뼈를 잡으려고 했지만 몸이 움직이지 않았다. 잡아주고 싶었지만 나는 아무런 위로도 할 수 없었다. 뼈는 그 밤에 혼자 울었다.

　그 뒤로 기분이 안 좋은 날이면 뼈가 나타나곤 했다. 나에게 무슨 이야기를 하려는지 알 수 없었다. 뼈는 말을 할 수 있는 입이 없었고 글을 쓸 수 있는 손이 없었다. 하고 싶은 이야기가 분명히 많을 텐데. 아무나 붙잡고 토로하고 싶은 억울함이 있을 텐데. 남은 이에게 하고 싶은 말들도 있을 텐데.
　그저 밤새 머물다 가기만 했다. 울다가 가기만 했다.

　십오 년 전, 문득 뼈에 담긴 이야기를 내가 대신 쓰기로 했다. 억울하게 죽어 나뿐만 아니라 이곳저곳, 이 사람 저 사람의 밤에 깃

들어 떠돌았을 뼈를 위해 이야기를 만들어 주기로 했다. 그 사연과 똑같은 이야기가 아닐지라도, 억울하고 후회하여 사무친 무언가를 끄집어내 주고 싶었다.

처음에는 한 문장이었다.

나는 죽었다.

그것밖에 쓰지 못했다. 죽은 이가 하는 죽은 이의 이야기라는 게 다였다. 다음 문장은 쓰지 못했다. 그러나 거짓말처럼 그 뒤로 뼈는 나타나지 않았다. 가위도 눌리지 않았다. 한동안 아무것도 쓰지 못했지만 뼈는 이미 나를 떠나 내 시작에 스며든 것 같았다.

오랜 시간이 지나고 여러 가지로 변주되던 그 이야기는 한 소녀의 죽음과 그 뼈로 다시 시작되었다. 이번에는 소녀를 따라 가 볼

수 있었다. 평범한 아이의 억울한 죽음 이후, 숨겨진 이야기. 소녀
는 귀신이 되어 살아서 못한 일들을 해 나갔다. 전에는 차마 마음
먹지 못했을 복수도 시작했고 친구도 사귀었다. 묻어 두고 참았던
감정도 마음대로 발산했다. 그렇게라도 해 주고 싶었다. 귀신이 되
어서라도 못했던 걸 해 보라고 응원하고 싶었다.

　물론 소녀에게 이제 미래는 없다. 소녀뿐만 아니라
뼈가 되어 울고 있는 수많은 누군가에게 앞으로 나아
갈 수 있는 시간은 없다. 하얗게 빛나는 울음. 그걸 누군
가 기억해 줄 뿐이다. 이 책이 조금이라도 위로가 되길. 그
리고 지금 고민하는 누군가에게 용기가 되어 주길.

선자은

그동안 〈소녀 귀신 탐정〉을 사랑해 주신
모든 분께 감사드립니다.